Klarant Verlag

Die gebürtige Ostfriesin ***Sina Jorritsma*** aus der Krummhörn studierte in Hamburg Germanistik und Philosophie, bevor sie wieder in ihre Heimat zurückkehrte. Sie veröffentlicht unter Pseudonym, weil sie ihre Umgebung genau beobachtet und Ereignisse aus ihrem Leben in ihre Geschichten einfließen. Das Romaneschreiben ist ihr kleines Geheimnis, das nur wenige Menschen kennen. Bei einer großen Kanne Ostfriesentee mit Sahne und Kluntjes kann sie halbe Nächte durchschreiben, tagsüber hält sie sich mit Joggen fit. Sina Jorritsma lebt mit ihrer Familie in einem kleinen Ort bei Emden.

Sina Jorritsma

Juister Haken

Ostfrieslandkrimi

Klarant Verlag

Klarant Verlag, www.klarant.de – www.ostfrieslandkrimi.de
ISBN: 978-3-96586-761-1
1. Auflage 2023
Umschlagabbildung: Klarant Verlag

Printed in the EU.

Kapitel 1

»Schauen wir uns das Bootsrennen an?«

Kommissarin Antje Fedder stellte ihrem Kollegen und Freund Roland Witte diese Frage, während die beiden am *Strandhotel Juist* vorbei auf die Nordsee zugingen. Es war ein warmer Vormittag in der zweiten Augusthälfte, und am Himmel waren nur wenige Schleierwolken zu sehen. Es versprach, ein heißer Tag zu werden, wobei der frische Nordwind angenehme Kühle schenkte.

»Von so einer Veranstaltung weiß ich nichts«, erwiderte der dunkelhaarige Kommissar und gähnte verhalten. Die beiden waren am Vorabend noch lange unterwegs gewesen, weil sie privat an einer Nachtwanderung teilgenommen hatten. Und danach hatte Roland offenbar nicht schnell in den Schlaf gefunden.

»Zwei Studenten wollen mit Ruderbooten in See stechen, auf dass der Schnellere gewinnen möge«, erklärte Antje. Sie fuhr fort: »Es ist kein angemeldeter Termin, mehr so ein Freizeitspaß – obwohl die beiden Kontrahenten die Sache schon ziemlich ernst nehmen. Es kann eben immer nur einen Gockel im Hühnerstall geben.«

»Das hätte ich nicht schöner ausdrücken können«, gab der Polizist lachend zurück, »aber warum weiß ich nichts von diesem *Event*? Du bist mal wieder bestens informiert.«

»Als du gestern diesen Randalierer, den wir festgenommen haben, zur Fähre begleitet hast, hab ich doch schon in Papas Kneipe ein paar Zeugenaussagen aufgenommen. Und bei der Gelegenheit hörte ich, wie einige Studenten über dieses Rennen sprachen.«

Roland nickte, aber sein Interesse schien sich in Grenzen zu halten. Er sagte: »Da wir ja ohnehin am Strand patrouillieren wollen, können wir dort meinetwegen vorbeischauen.«

»Flippe nicht gleich aus vor lauter Begeisterung«, meinte Antje lächelnd und schob sich die Dienstmütze tiefer ins Gesicht. Ihr langes blondes Haar hatte sie im Nacken zu einem Knoten zusammengesteckt.

Roland zuckte mit den Schultern: »Ich käme nicht auf die Idee, in so ein wackliges Ruderboot zu steigen, um gegen irgendeinen anderen Kerl auf Teufel komm raus zu gewinnen.«

»Wie bitte?! Du hast doch jahrelang begeistert gekickt. Da geht es doch auch darum, das gegnerische Team zu besiegen. Oder habe ich etwas missverstanden?«

»Das kann man überhaupt nicht vergleichen«, behauptete Roland.

»Ja, weil man auf einem Fußballplatz nicht seekrank wird«, gab Antje augenzwinkernd zurück. Sie wusste, dass ihr Freund nicht gern schwankende Planken unter seinen Schuhen hatte. Sie selbst hatte nie unter dieser Form der Übelkeit gelitten – und das lag gewiss nicht daran, dass sie die Tochter eines – ehemaligen – Seemanns war. Manchmal machte es ihr einfach Spaß, ihren Freund ein wenig aufzuziehen.

»Meinetwegen können die Platzhirsche ihr Duell gerne ausfechten«, sagte der Kommissar, »und anscheinend hat jeder von ihnen seinen Fanclub mitgebracht.«

Auch Antje hatte die kleine Menschenmenge bemerkt, die sich am breiten Juister Sandstrand unweit vom Spielplatz versammelte. Die beiden Boote lagen bereits am Spülsaum bereit. Es handelte sich um ältere, aber gepflegte hölzerne Modelle, schnittig gebaut und für jeweils einen Ruderer gedacht. Der Unterschied zu den extrem schmalen Wettbewerbsbooten im Wassersport hätte nicht größer sein können. Diese Boote hier wurden normalerweise von Anglern benutzt, um aufs offene Meer hinauszufahren und dort dem Sportfischen zu frönen.

Aber für ein Kräftemessen von zwei Jungmännern eignen sie sich zweifellos auch, dachte die Polizistin. Sie und ihr Kollege stapften durch den weichen warmen Sand auf die Gruppen zu. Die Boote lagen einen Steinwurf weit voneinander entfernt – vermutlich, damit sich die Wettkämpfer mit ihren Riemen nicht in die Quere kamen, wenn sie gleich in See stechen würden. Einen von ihnen kannte Antje bereits vom Sehen. Er war groß, blond und braungebrannt. Seine Freunde hatten ihn mit Paul angeredet. Er trug an diesem Morgen Sportshorts und ein weißes ärmelloses Top, wodurch sein beachtlicher Bizeps zur Geltung kam. Sein bei dem anderen Boot stehender Widersacher hatte eine ähnlich athletische Figur, sein dunkelbraunes lockiges Haar war allerdings länger und fiel bis auf die Schultern. Seine Kleidung bestand ebenfalls aus einer kurzen Hose sowie einem schwarzen T-Shirt. Die Zuschauer schauten neugierig zu den Polizisten hinüber, und der Ruderer namens Paul trat auf sie zu: »Guten Morgen, gibt es ein Problem?«

»Das wollen wir nicht hoffen«, sagte Antje, »Sie werden hier gleich einen kleinen Wettkampf veranstalten, nicht wahr?«

»Es handelt sich nur um ein kleines Rennen unter Freunden, das ist doch bestimmt nicht verboten?«, erwiderte Paul lächelnd. Seine Stimme klang angenehm und einschmeichelnd. Es entging der Kommissarin nicht, dass er von den anwesenden jungen Frauen förmlich angehimmelt wurde, obwohl einige von ihnen sich betont distanziert gaben. Doch ihre Körpersprache verriet sie trotzdem. Jede von ihnen versuchte mehr oder weniger unauffällig, von Paul wahrgenommen zu werden.

Antje schüttelte den Kopf: »Nee, etwas Illegales sehe ich hier nicht. Aber Sie stammen nicht von der Insel, andernfalls würde ich Sie kennen. Die Gewässer rund um Juist weisen

Untiefen und starke Strömungen auf, Vorsicht ist also angebracht.«

»Danke für die Warnung, Frau Fedder. Als erfahrener Wassersportler weiß ich das zu schätzen. Ich traue mir trotzdem zu, Felix hinter mir zu lassen.«

Antje musste sich nicht fragen, woher er ihren Namen kannte. Das Schild mit der Aufschrift FEDDER prangte deutlich lesbar auf ihrer Uniformbrust.

Er deutete auf den Dunkelhaarigen. Der merkte, dass über ihn gesprochen wurde, und kam herüber.

»Lästerst du über mich, Paul?«, fragte er und zog die Augenbrauen zusammen. Während Paul sich betont locker gab, war bei ihm die Anspannung deutlich zu spüren. Er warf seinem Kontrahenten gereizte Blicke zu.

Paul grinste breit und sagte: »Nee, wie käme ich dazu? Ich habe den Beamten nur erklärt, dass ich unser Rennen natürlich gewinnen werde.«

»Einmal Angeber, immer Angeber«, murmelte Felix. Er sprach leise, aber Antje war sicher, dass Paul ihn verstanden hatte. Doch er feuerte nicht verbal zurück, sondern sonnte sich in der Bewunderung seines Fanclubs.

»Wir würden es zu schätzen wissen, wenn Sie beide Schwimmwesten anlegen, bevor Sie Ihr Rennen beginnen«, sagte Antje.

»Ihre Besorgnis in allen Ehren, aber das wird nicht nötig sein«, widersprach Paul.

»Das war keine Bitte, sondern eine Anweisung«, stellte Antje klar, »denn wir müssen sicherstellen, dass Sie beide Ihren Wettkampf gut überstehen.«

Pauls Augen blitzten. Gehörte er zu den Menschen, die sich grundsätzlich nichts sagen ließen? Oder würde er es auf eine Machtprobe ankommen lassen, um vor seinen Bewunderinnen gut dazustehen? Natürlich konnte seine Reaktion auch daran liegen, dass Antje eine Frau war. Doch bevor sie sich darüber den Kopf zerbrechen konnte, war dieser kurze Moment schon wieder vorbei. Der junge Mann hatte offenbar erkannt, dass er nachgeben musste, wenn er seinen Wettstreit über die Bühne bringen wollte. Er beteuerte: »Sie haben recht, Frau Fedder. Ich darf nicht nur an mich denken – denn ich weiß nicht, ob Felix wirklich gut schwimmen kann. Ich würde es mir nie verzeihen, wenn ihm wegen unseres Duells etwas zustieße.«

Der Widersacher presste die Lippen aufeinander. Für ihn waren Pauls Worte pure Provokation, denn indirekt enthielten sie die Aussage, dass er mit seinem Boot kentern und im Wasser landen würde. Felix ballte die Fäuste und lockerte die Finger im nächsten Moment wieder. Natürlich bemerkte auch Roland, wie die Luft zwischen den beiden Männern beinahe zu knistern schien.

»Ich hole Schwimmwesten, damit Sie möglichst bald starten können.«

Mit diesen Worten drehte er sich um und eilte zur Rettungsstation, die sich nicht weit vom Strandspielplatz befand. Antje behielt Paul und Felix im Auge. Sie nahm es ihrem Kollegen nicht übel, dass er sie für den Moment alleingelassen hatte. Es war wirklich die beste Lösung, die Westen zu beschaffen und mit dem Wettkampf zu beginnen. Die Kommissarin bereitete sich darauf vor, notfalls dazwischengehen zu müssen, wenn die Streithähne sich aufeinander stürzen würden. Als die Polizeiführung noch keine zweite Planstelle für Juist geschaffen hatte, war sie als Inselpolizistin lange genug ohne Hilfe ausgekommen – und hatte die Aufgaben trotzdem bewältigt. Inzwischen konnte sie sich nicht mehr vorstellen, Roland nicht mehr bei sich zu haben – kein Wunder, denn sie und ihr Kollege hatten sich sehr bald nach seiner Ankunft auf der Insel ineinander verliebt.

Es dauerte nicht lange, bis der Kommissar mit zwei Schwimmwesten zurückkehrte. Sowohl Paul als auch Felix schienen begriffen zu haben, dass man in Gegenwart der Polizei besser keine Schlägerei vom Zaun brach. Jedenfalls legten sie brav ihre Westen an und begaben sich zu ihrem jeweiligen Boot. Ihre Augen richteten sich auf eine junge schwarzhaarige Frau in Jeansshorts und einem bauchfreien rot-weiß gestreiften Top. Antje vermutete, dass sie das Startkommando geben sollte.

»Mach schon, Ella!«, rief eine der anderen Zuschauerinnen. Auch sie und Ella waren am Vorabend im Lokal von Antjes Vater gewesen, wie sie sich nun erinnerte. Die Schwarzhaarige stellte sich so auf, dass sie genau gleich weit von den beiden Booten entfernt war. Paul und Felix ließen sie nicht aus den Augen.

»Achtung – fertig – los!«, rief sie laut. Beim letzten Wort hob sie die Arme und klatschte laut in die Hände. Die jungen Männer schoben ihre Boote ins Wasser. Man konnte sehen, wie sich ihre Muskeln spannten. Antje wusste aus eigener Erfahrung, wie schwer sich Gegenstände auf dem feuchten Sand bewegen ließen. Das Publikum wurde nun vom Rennfieber gepackt. Paul und Felix wurden von ihren jeweiligen Fans temperamentvoll angefeuert. Der Wettkampf erregte auch die Aufmerksamkeit weiterer Strandbesucher. Die Menschentraube wurde immer größer. Auch Antje und Roland verfolgten das Geschehen gespannt. Die Kommissarin hätte nicht sagen können, welchem der beiden Wettstreiter sie die Daumen drückte. Für sie war hauptsächlich entscheidend, dass die jungen Männer ihr Rennen unbeschadet überstanden. Die wilden Anfeuerungsrufe der beiden Fanclubs gellten über den Strand. Die Polizistin beschattete ihre Augen mit der Handfläche, denn die Strahlen der Sommersonne reflektierten auf der Nordsee-Wasserfläche. Antje ging zu Ella hinüber, die offensichtlich im »Team Paul« war. Jedenfalls schmetterte sie immer wieder mit gellender Stimme seinen Namen, wobei sie ihre Hände links und rechts vom Mund wölbte, um den Schall besser zu kanalisieren.

»Wo ist eigentlich die Ziellinie?«, wollte die Polizistin von der jungen Frau wissen.

Ella zeigte auf den Strand zu ihren Füßen und antwortete: »Das wird wieder genau hier sein! – Sehen Sie die rote Boje da hinten, fast an der Horizontlinie? Sie muss von den Jungs umrundet werden, und dann beginnt der Rückweg. – Los, Paul – zeig es der lahmen Ente!«

Antje bezweifelte, dass der blonde Ruderer sie noch hören konnte, denn er und sein Widersacher hatten sich bereits ein großes Stück weit vom Strand entfernt. Sie legten sich ordentlich ins Zeug. Die Riemen wühlten das graublaue Wasser auf, wenn sie hineingetaucht wurden und dann wieder hochkamen. Beide Männer waren versierte Ruderer, dafür hatte die Polizistin einen Blick.

»Wie kam es zu diesem Wettstreit?«, wollte Antje wissen. Neugier war bei ihr sozusagen eine Berufskrankheit. Ella schien es nicht recht zu sein, von ihr in ein Gespräch verwickelt zu werden. Die Schwarzhaarige hätte offenbar lieber das Duell verfolgt. Doch sie begriff, dass sie Antje am schnellsten loswerden konnte, indem sie Rede und Antwort stand.

»Paul und Felix studieren beide Jura, und sie hatten sich für ein Stipendium beworben – internationales Wirtschaftsrecht an der Harvard-Universität in den USA. – Das ist eine der besten Hochschulen der Welt!«

Glaubt die, dass wir auf Juist hinter dem Mond leben?, dachte die Kommissarin. Doch sie verkniff sich diese spitze Bemerkung und sagte nur: »Das ist mir bekannt. Vermutlich hat nur einer von beiden den Zuschlag bekommen?«

»Ja, nämlich Paul. Er ist einfach der Bessere, alle Professoren sagen ihm eine große Zukunft voraus. Und deshalb wurde Felix grün vor Neid. Er streute das Gerücht, Pauls alter Herr hätte bei der Stipendienvergabe mit Schmiergeld nachgeholfen – ist das nicht unglaublich dreist von ihm?«

»Üble Nachrede muss man sich nicht gefallen lassen«, stellte die Kommissarin klar.

Ella erwiderte: »Das ist mir bekannt, ich studiere selbst Jura. – Laut Paragraf 186 Strafgesetzbuch kann üble Nachrede mit Gefängnis- oder Geldstrafe geahndet werden. Aber leider kann man Felix nichts nachweisen, das behaupten zumindest Ihre Kollegen in Münster. Paul hat natürlich Strafanzeige gestellt. – Und nun würde ich gern das Rennen weiter anschauen!«

Während die beiden Frauen miteinander sprachen, hatten die Boote bereits eine beachtliche Strecke zurückgelegt. Sie waren mit dem bloßen Auge kaum noch zu erkennen. Roland war Antje gefolgt und stand nun wieder neben ihr. Er hielt seine flache Hand vor den Mund, um ein neuerliches Gähnen zu vermeiden. Sein Interesse an dem Wettkampf schien sich in Grenzen zu halten – wahrscheinlich, weil kein Ball im Spiel war. Der Polizist konnte bei jeder Fußballpartie für eine der beiden Mannschaften »brennen« – aber das Bootsrennen ließ ihn offensichtlich kalt. Vielleicht hatte er aber auch wirklich nur schlecht geschlafen, denn momentan herrschte Vollmond. Antje und Roland wohnten nicht zusammen, obwohl sie ein Liebespaar waren. Da sie den Dienst sowie den größten Teil ihrer Freizeit gemeinsam verbrachten, benötigte jeder von ihnen seinen Rückzugsort. Dies tat ihrer Beziehung zweifellos gut. Während der Kommissarin diese Gedanken durch den Kopf schwirrten, erreichten die Ruderer das rote Seezeichen. Auf die große Distanz ließ sich unmöglich sagen, wer von ihnen momentan die Nase vorn hatte. Umso frenetischer wurden die Rufe des Publikums. Sowohl Paul als auch Felix hatten jeweils ein paar Freunde mit auf die Insel gebracht. Antje betrachtete das Duell mit gemischten Gefühlen. Einerseits fand sie es gut, einen Zwist nicht mit Fäusten oder gar Waffen auszutragen. Andererseits: Falls Felix wirklich Lügen über seinen Rivalen verbreitet hatte, würde er eine Niederlage bei dem Wettstreit vielleicht gar nicht hinnehmen und alles nur noch schlimmer machen. Die Polizistin wusste, dass manche Menschen das Internet für übelste Hetzkampagnen benutzten. Bei der kurzen Konfrontation unmittelbar vor dem Start wäre Felix beinahe explodiert. Das war ihrer Meinung nach kein gutes Vorzeichen. Aber noch stand ja nicht fest, wer das Rennen für sich entscheiden würde. Je näher die Boote dem Strand kamen, desto deutlicher wurde es: Felix lag mindestens eine halbe Ruderbootlänge vorn! Seine Anhänger flippten aus, brüllten noch lauter und sprangen wie Gummibälle in die Höhe. Doch plötzlich rammte Paul das Boot seines Widersachers! Felix geriet aus dem Rhythmus. Einer seiner Riemen fiel ins Wasser. Der junge Mann musste nicht nur verhindern, dass sein Wasserfahrzeug kenterte, sondern auch noch den Riemen wieder aus der Nordsee fischen. Dadurch ging wertvolle Zeit verloren. Als Pauls Boot das Ziel erreichte und von seinen Freunden auf den Spülsaum gezogen wurde, lag Felix weit zurück. Seine Anhänger protestierten, einer von ihnen stürzte auf die Polizisten zu: »Haben Sie das gesehen? Sie müssen diesen Betrüger sofort verhaften!«

»Für mich sah das nach einem Unfall aus«, begann Roland, doch Felix' Freund fiel ihm ins Wort: »Sie stecken wohl mit denen unter einer Decke! Was hat diese Verräterin Ihrer Kollegin erzählt?«

Er zeigte anklagend auf Ella, die ihm die Zunge herausstreckte. Währenddessen wurde Paul von seinen anderen Kumpanen ein triumphaler Empfang bereitet. Sie hoben ihn auf ihre Schultern und ließen ihn hochleben. Antje wusste nicht, wie sie reagieren sollte. Ihrer Meinung nach ließ es sich unmöglich einschätzen, ob Paul Felix absichtlich behindert hatte oder nicht. Die Ruderer saßen ja mit ihren Rücken zum Bug – wie sollten sie da sehen können, was vor ihnen geschah? Selbst, wenn sie den Kopf seitwärts drehten, war ihr Gesichtsfeld höchst eingeschränkt. Einen objektiven Beweis für einen Vorsatz gab es ihrer Meinung nach nicht. Felix schien da anderer Meinung zu sein. Er hatte mit einiger Verspätung ebenfalls das Ufer erreicht. Er sprang schnaubend aus seinem Boot ins flache Wasser, wobei er einen der hölzernen Riemen weit über seinen Kopf anhob. Dann stürmte er auf Paul zu: »Ich bring dich um!«

Kapitel 2

Bevor Felix seinen Widersacher erreichen konnte, stellten sich die Polizisten zwischen die Streithähne.

»Du bist eben ein schlechter Verlierer, das warst du schon immer!«, rief Paul herausfordernd in Richtung des Wüterichs.

»Sie haben jetzt mal Sendepause!«, sagte Roland zu dem Blonden.

Und Antje zeigte auf Felix und forderte: »Sie lassen auf der Stelle den Riemen fallen – oder ich nehme Sie fest!«

Die Kommissarin stellte sich darauf ein, den Angreifer im nächsten Moment zu Boden bringen zu müssen. Die Situation konnte jederzeit eskalieren. Und es wurde noch schlimmer, weil sich hinter den beiden Studenten ihre jeweiligen Freunde versammelt hatten. Sie schimpften und schüttelten ihre Fäuste. Auch Antje konnte ihre Stimme erheben. Sie schaffte es sogar, alle anderen zu übertönen: »Wir sprechen für Sie alle Platzverweise aus, die für den heutigen Tag am Strand gelten. Und wir nehmen Ihre Personalien auf. Wenn Sie eine Vorstrafe riskieren wollen – Ihre Entscheidung!«

Vor allem der letzte Satz wirkte wie eine kalte Dusche. Wahrscheinlich wäre diese Drohung bei Intensivtätern sinnlos gewesen. Doch bei den Kumpanen handelte es sich wohl ebenfalls um Studenten, die eine Karriere in der Justiz anstrebten und ein schlechtes polizeiliches Führungszeugnis ganz gewiss nicht gebrauchen konnten. Das war zumindest die Vermutung der Kommissarin, denn plötzlich wurden sie alle lammfromm und zeigten brav ihre Personalausweise. Nur einer von ihnen faselte etwas von »Polizeistaatmethoden«, doch Antje lächelte einfach nur und wünschte ihm einen schönen Tag. Es stellte sich heraus, dass Paul und seine Freunde gemeinsam zwei Ferienhäuser an der Billstraße gemietet hatten, während sich die gemeinsame

Unterkunft des Felix-Fanclubs in der Deichstraße befand – also ziemlich weit entfernt. Als alle Daten notiert waren und sich die Gemüter beruhigt hatten, sagte Roland: »Ich schlage vor, dass Sie alle sich jetzt vom Strand entfernen und einfach das schöne Sommerwetter genießen. Wir möchten nicht noch einmal wegen Ihnen eingreifen müssen, solange Sie auf der Insel sind.«

»Wir werden so bald wie möglich abreisen – und jeder soll erfahren, was wir von Juist halten!«, fauchte Ella drohend. Dann hakte sie sich bei Paul ein, und die beiden stolzierten davon, gefolgt von ihren Freunden. Auch Felix & Konsorten marschierten davon, glücklicherweise in eine andere Richtung. Die Kommissare schauten ihnen kopfschüttelnd nach.

»Unsere geschätzte Bürgermeisterin wird sich wohl wieder auf einige Gemeinheiten in den sozialen Medien einstellen müssen«, meinte Roland.

»Meinetwegen können diese Tastaturhelden lästern, bis sie grün anlaufen«, erwiderte Antje, »unsere Juist-Urlauber lieben ihr ›Töwerland‹ – egal, wie viel Dreck im Internet über die Insel verbreitet wird. Oder über uns. Oder beides.«

»Immerhin konnten wir eine Massenschlägerei verhindern«, sagte der Kommissar zufrieden. Dann kam er auf einen anderen Punkt zu sprechen: »Was passiert jetzt eigentlich mit den Holzkähnen? Sollen die hier einfach auf dem Strand bleiben?«

»Die Boote gehören dem alten Holm, wahrscheinlich hat er sie den Studenten vermietet«, meinte Antje, »die Kennnummern am Bug kamen mir gleich bekannt vor.«

»Holm? Der besitzt doch diese kleine Werft auf dem Deichvorland, oder?«, vergewisserte Roland sich.

»Ja, richtig. Wir fahren gleich mal bei ihm vorbei«, meinte Antje.

Der Kommissar nickte, und sie stapften zu ihren Fahrrädern zurück, die sie bei der Strandpromenade geparkt hatten. In dem weichen Sand waren die Zweiräder nicht zu gebrauchen, aber ansonsten bewegten sich die Polizisten hauptsächlich auf ihren Drahteseln vorwärts – so, wie es die meisten Juister machten. Sie mussten nur wenige Male in die Pedale treten, bis sie die kleine Bootswerft erreicht hatten. Holm befasste sich hauptsächlich mit der Reparatur und Pflege älterer Yachten. Momentan arbeitete er an einem kleinen Kabinenkreuzer, dessen Außenhaut unter der Wasserlinie abgedichtet werden musste. Beißender Geruch durchzog die Werkhalle. Holm schuftete höchstpersönlich, auf den Knien liegend. Er war so vertieft, dass er das Eintreten der beiden gar nicht bemerkt hatte.

»Moin, Knut!«, rief Antje laut.

Er zuckte zusammen und drehte sich lächelnd in ihre Richtung. Knut Holm war ein sehniger Mann in den Siebzigern, dessen Gesicht von einem wilden Vollbart dominiert wurde. Er trug einen mit Öl befleckten Blaumann. Nun richtete er sich ächzend auf und sagte: »Du kannst doch einen alten Mann nicht so erschrecken, Antje. – Beinahe hätte dein Papa einen Stammgast weniger gehabt!«

»So leicht bringt dich doch nichts aus der Fassung«, erwiderte sie und kam näher. »Meinen Freund und Kollegen Roland kennst du ja schon, oder?«

»Vom Sehen, wir haben aber noch nicht miteinander geschnackt. – Vielleicht ist ja bei eurer Hochzeit Gelegenheit dazu«, meinte Holm augenzwinkernd.

»Wir sind nicht gekommen, um dich als Trauzeugen anzuheuern«, scherzte die Polizistin, wurde aber gleich darauf wieder ernst: »Es geht um deine beiden Ruderboote.«

»Was ist mit ihnen? Haben diese Studenten sie beschädigt?«, wollte der Alte wissen.

»Nee, danach sieht es nicht aus. Aber sie müssten abgeholt werden, weil sie am Strand auf Höhe des Spielplatzes liegen.

Wir mussten deinen Bootsmietern Platzverweise erteilen«, sagte Antje und erzählte, was sich ereignet hatte.

Holm runzelte die Stirn und erwiderte: »Gut, dass nichts Schlimmeres passiert ist. – Ich werde Reinert losschicken, sobald er wieder nüchtern ist.«

Roland schaute sich um: »Dein Mitarbeiter glänzt durch Abwesenheit?«

»Das kenne ich schon von ihm, wahrscheinlich hat er gestern zu tief ins Glas geschaut. Und das hängt gewiss auch mit diesen Studenten zusammen«, sagte Holm.

»Das musst du uns genauer erklären«, bat die Kommissarin.

»Dieser Paul Hoffmann erschien mit so einer aufgetakelten Schönheit bei mir und wollte zwei Ruderboote mieten, Antje. Dagegen ist nichts zu sagen. Und ich hatte auch keine Bedenken wegen dem Rennen, von dem er mir berichtete. Meine Kähne sind ja versichert, auch wenn es trotzdem lästig ist, wenn etwas kaputtgeht. Dennoch würde ich Paul Hoffmann und seine Süße als unangenehme Kunden bezeichnen.«

»Aus welchem Grund?«

»Sie behandelten Reinert und mich von oben herab – so, als ob sie etwas Besseres wären. Ihr wisst, was ich meine – Leute, die mit dem goldenen Löffel im Mund geboren wurden und sich deshalb überlegen fühlen«, grollte der Werftbesitzer. Die Polizistin konnte nachvollziehen, wie er sich fühlte. Holm selbst musste hart arbeiten, um seinen kleinen Betrieb vor der Pleite zu bewahren. Es gab immer wieder Leerzeiten, in denen überhaupt keine Reparaturen anfielen. Und vom Verleih seiner wenigen eigenen Kähne konnte er nicht leben, das war nur ein Zubrot. Holm wäre zu stolz gewesen, ihr gegenüber zu jammern. Sie kannte seine Lebensumstände dank ihres Vaters, der früher gemeinsam mit Holm zur See gefahren war. Der Alte fuhr fort: »Ich habe ein dickes Fell, mich kann man nicht so schnell demütigen. Aber Reinert ist anders gestrickt. Als Paul Hoffmann eine abfällige Bemerkung über Handwerker machte – so etwas wie: ›große Hände, kleiner Kopf‹ –, wäre mein Helfer beinahe ausgerastet. Ich konnte ihn glücklicherweise zurückhalten. Ich weiß nicht, ob dieser Paul sich so aufgespielt hat, weil er diese dumme Gans beeindrucken wollte. Wundern würde es mich nicht.«

Antje bat Holm, die junge Frau genauer zu beschreiben. Es handelte sich eindeutig um Ella, die mit Nachnamen Dorn hieß. Die Kommissarin hatte auch ihre Personalien aufgenommen, als die Platzverweise erteilt wurden.

»Wie ging es dann weiter?«, wollte Roland wissen.

Holm hob die Schultern: »Der Student und seine Freundin stiegen in die Boote, um damit zum Strand hinüberzufahren. Ich war froh, sie nicht mehr sehen zu müssen. Reinert kochte vor Wut. Ihm wäre garantiert die Hand ausgerutscht, wenn ich nicht dabei gewesen wäre.«

»Ich wusste gar nicht, dass er so auf Krawall gebürstet ist«, warf Antje ein. »Polizeilich ist er noch nicht in Erscheinung getreten, jedenfalls nicht hier auf Juist.«

Holm nahm seinen Helfer in Schutz: »Ich lasse nichts auf Reinert kommen, an seine Schrullen habe ich mich gewöhnt. Sein Leben war nicht immer leicht. Ihr wisst vielleicht nicht, dass er ein Waisenkind ist und keinen Schulabschluss hat. Für mich ist das egal, denn er arbeitet hart und macht sich dabei auch die Finger schmutzig. Da nehme ich es auch in Kauf, dass er manchmal unentschuldigt fehlt, weil er glaubte, eine Schnapsflasche vernichten zu müssen. Wir haben alle unsere kleinen Schwächen.«

»Du bist ein sehr nachsichtiger Arbeitgeber«, stellte der Kommissar fest.

»Das kannst du so sehen, Roland. Ich mag diesen kantigen Burschen einfach, er ist für mich wie der Sohn, den ich nie hatte. Und außerdem – es wäre nicht einfach, seine Stelle neu zu besetzen. Die Arbeitskräfte stehen ja nicht gerade Schlange bei mir.«

Der Personalmangel war auf allen Nordseeinseln ein Problem, wie Antje wusste. Gerade für Saisonjobs fanden sich nur schwer geeignete Kandidaten. Insofern konnte die Polizistin verstehen, dass Holm bei seinem Helfer gelegentlich ein Auge zudrückte. Außerdem hatte auch sie den Eindruck, dass der ältere und der jüngere Mann gut zusammenarbeiten konnten. Sie sagte: »Früher oder später wird Reinert wieder nüchtern sein, dann kannst du ihn ja die Boote abholen lassen.«

»Wird gemacht, Antje. – Danke, dass ihr mir Bescheid gegeben habt.«

Die Kommissare verließen die Bootswerft.

»Ich finde, dass wir uns jetzt eine Mittagspause verdient haben«, meinte Roland.

Seine Kollegin war einverstanden. Sie fuhren zu *Frankies Grill*, wo sie meistens ihre Mahlzeiten zu sich nahmen. Antje bestellte Chili con Carne, Roland entschied sich für Seelachsfilet mit Pommes Frites und hausgemachter Remoulade. Dazu tranken sie Cola.

»Ich hoffe nur, dass die Damen und Herren Studierenden die Füße stillhalten, bis sie unsere Insel wieder verlassen«, meinte der Kommissar kauend.

»Ja, das wäre gut. Für die ganze Rasselbande haben wir nicht genügend Arrestzellen. Und wenn wir Verstärkung vom Festland anfordern müssten, würde Silke wieder Schnappatmung bekommen«, erwiderte Antje. Sie hatte sich in letzter Zeit angewöhnt, die Juister Bürgermeisterin Silke Meester beim Vornamen zu nennen, da die Amtsträgerin und Tjark Fedder ein Liebespaar waren. Somit betrachtete die Polizistin Silke Meester als eine Art Stiefmutter, was ihr nach wie vor ein seltsames Bauchgefühl bescherte. Die

Bürgermeisterin neigte nämlich dazu, sich ungefragt in die Polizeiarbeit einzumischen, was bei den beiden »Inselsheriffs« natürlich nicht gut ankam.

Nach der Pause brachen die beiden zu einem erneuten Kontrollgang am Strand auf. Die Studenten hatten den Platzverweis offenbar befolgt, zumindest war von ihnen weit und breit nichts zu sehen. Der Rest des Tages verging ohne nennenswerte Ereignisse. Juist war zum Glück keine Insel, auf der polizeiliches Einschreiten allzu oft notwendig war. Und auch den Konflikt nach dem Rennen hätte man vermeiden können, wenn die Boote nicht kollidiert wären und sich Paul nicht so provokant benommen hätte. Nach Antjes Meinung wollte er sich einfach nur vor seinen Freunden – und vor Ella – in Szene setzen. Sie hielt den Studenten für jemanden, der völlig auf sich selbst bezogen war und die ganze übrige Menschheit als sein Publikum sowie die Welt als seine Bühne betrachtete.

»Treffen wir uns später in der *Juister Kajüte*?«, fragte die Kommissarin, als sie pünktlich zum Feierabend zur Wache zurückkehrten.

»Da sage ich nicht nein«, erwiderte Roland.

Bevor Antje die Anrufumleitung einschalten konnte, klingelte das Telefon auf ihrem Schreibtisch. Sie nahm den Hörer ab, meldete sich mit Namen und Dienstgrad.

»Sie – müssen sofort kommen!«, rief eine Frau mit zitternder Stimme. »Hier liegt ein junger Mann in seinem Blut!«

Die Polizistin schätzte, dass die Anruferin zwischen fünfzig und sechzig Jahren alt war. So etwas ließ sich nicht immer gut beurteilen, wenn man die Person nicht vor sich hatte.

»Wie heißen Sie?«, wollte Antje wissen.

»Marie Enger. – Wann werden Sie hier sein? Vielleicht ist der Mörder noch in der Nähe!«

Mörder? Also schien die Dame von einem Gewaltverbrechen auszugehen. Die Kommissarin hielt es für sinnlos, am Telefon noch allzu viele Details herausfinden zu wollen.

»Wo genau sind Sie denn, Frau Enger?«

»Ich bin auf so einer Aussichtsplattform, beim Loogbad … und von hier kann ich den Toten sehen …«

»Sie sind auf dem *Dree Water Utkiek*«, erklärte die Polizistin. »Bleiben Sie dort, wir sind in ein paar Minuten bei Ihnen!«

Mit diesen Worten beendete sie das kurze Gespräch und legte den Hörer auf.

»Unseren Feierabend können wir wohl erst einmal abschreiben«, vermutete Roland. »Ich habe nicht jedes Wort verstanden, aber die Frau hörte sich sehr verängstigt an.«

»Das ist kein Wunder, schließlich will sie eine Leiche gefunden haben. – Vielleicht lebt die Person noch, nimm aber auf jeden Fall den Tatortkoffer mit!«

Der Polizist nickte und griff nach dem Gepäckstück, das alle notwendigen Utensilien zur Spurensicherung enthielt. Die beiden verließen die Wache und stiegen wieder auf ihre Räder. Der *Dree Water Utkiek* befand sich auf einem Dünenkamm inmitten üppig wuchernder grüner Vegetation. Von der Plattform aus hatte man einen schönen Blick sowohl auf das Naturschutzgebiet als auch auf den breiten hellen Sandstrand, der an dieser Stelle Loogbad hieß. Obwohl die Polizisten die Strecke in Rekordzeit zurücklegten, kam es Antje so vor, als ob sie im Schneckentempo unterwegs wären. Ob Marie Engers Befürchtung berechtigt war? Befand sich der Täter noch in der Nähe? Jetzt, in der zweiten Augusthälfte, war es auf dem »Töwerland« abends noch lange hell. Wenn der Angreifer tagsüber zugeschlagen hatte, zeugte dies von einer besonderen Skrupellosigkeit – obwohl in dem Naturschutzgebiet nicht unbedingt mit Augenzeugen zu rechnen war. Die Kommissarin merkte selbst, dass sie zu spekulieren begann – und das war nicht gut. Sie benötigte Fakten, um ermitteln zu können.

Endlich hatten sie und Roland den Weg neben der Plattform erreicht und eilten die hölzernen Stufen hoch. Neben dem Aufgang stand ein Leih-Pedelec, wie man sie auf der Insel immer öfter sah. Vermutlich war die Melderin damit unterwegs gewesen.

»Gott sei Dank, Sie sind da!«

Antje erkannte die Stimme sofort wieder. Marie Enger war eine kleine füllige Frau mit einer grauen Kurzhaarfrisur, knielangen beigen Shorts und einem hellen Oberteil mit kurzen Ärmeln. Der Sonnenbrand auf ihren nackten Armen zeugte davon, dass sie die Kraft der Augustsonne auf dem Eiland unterschätzt hatte. Die Kommissarin stellte ihren Kollegen vor, dann fragte sie: »Von wo aus kann ich die Person sehen?«

Marie Enger winkte Antje zu sich ans Geländer. Sie deutete auf das Unterholz links von der Plattform, wobei ihre Hand leicht zitterte.

»Sie haben gute Augen«, stellte die Polizistin fest. Wenn man den Blick in die Weite schweifen ließ, konnte man die Leiche glatt übersehen. Außerdem wurde sie teilweise durch die Vegetation verdeckt. Doch der Kopf ließ darauf schließen, dass es sich um einen Mann handelte – oder um eine Frau mit blonder Kurzhaarfrisur. Und das Blut am Hals stach als roter Fleck aus dem grünen Dünengras der Umgebung. Der Kommissarin schwante Übles. Sie sprang über das Geländer hinab in das tiefer gelegene Gelände. Ihre spontane Befürchtung bestätigte sich: Bei dem Toten handelte es sich um Paul, den Sieger des Bootrennens. In seiner Kehle klaffte eine tiefe Wunde, das Blut war schon fest getrocknet. Die Augen hatte er offenbar im Moment seines Todes weit aufgerissen gehabt – so, als ob er nicht glauben könne, was ihm soeben widerfahren war. Antje hörte hinter sich ein Rascheln. Roland war ihrem Beispiel gefolgt und näherte sich ihr. Falls der Kommissar sich darüber wunderte, dass es sich bei dem Leichnam um Paul handelte, ließ er es sich jedenfalls nicht anmerken.

»Fußspuren werden hier nicht leicht zu sichern sein, dafür ist der Boden zu dicht bewachsen«, meinte er, »aber hier ist eine Blutspur!«

Er deutete nach rechts. Nun bemerkte auch Antje eine Reihe von roten Tropfen, die im Zick-Zack-Kurs von dem Mordopfer wegführten.

»Vielleicht hat der Täter ja auch etwas abbekommen«, vermutete sie.

Roland erwiderte: »Das wäre gut, denn eine Wunde lässt sich schlecht verbergen. Und einen Verdächtigen haben wir ja auch schon, oder?«

Die Kommissarin erinnerte sich an den Moment, als Felix seinen Widersacher wutschnaubend mit dem Tod bedroht hatte. Allerdings wusste sie auch, dass so manchem Wüterich solche und ähnliche Worte herausrutschen, ohne dass er sich den Kopf darüber zerbrach. Dennoch – die Drohung war ausgesprochen, und es gab gleich zwei Polizisten, die sie bezeugen konnten.

Antje erwiderte nichts auf Rolands Frage, die ohnehin nur rhetorisch gewesen war. Felix' Alibi musste auf alle Fälle überprüft werden. Die Kommissarin blieb neben der Leiche stehen, während ihr Kollege der Blutspur folgte. Er musste nur wenige Schritte gehen, bis er seine Handschuhe überzog und sich bückte. Gleich darauf hob er einen Gegenstand vom Boden auf. Es war ein Bootshaken.

»Dies dürfte die Mordwaffe sein.«

Antje musste nicht darüber rätseln, wie er zu dieser Schlussfolgerung gekommen war. Selbst auf die Entfernung konnte sie das Blut auf dem Metall deutlich erkennen. Ein Bootshaken bestand aus einer stählernen Spitze mit einem

Bogen, die auf einem hölzernen Schaft steckte. Normalerweise diente dieses Werkzeug dazu, ein Boot näher ans Ufer zu ziehen oder ein Tau zu fassen zu bekommen. Als Mordinstrument war es der Kommissarin noch nicht begegnet.

»Sind da Fußabdrücke zu sehen?«

Roland ging in die Hocke und betrachtete die Umgebung eingehend. Dann schüttelte er den Kopf: »Nein, direkt hier nicht. Vermutlich hat der Mörder sich von der Leiche wegbewegt und den Bootshaken gleich weggeworfen, weil er keine Verwendung mehr dafür hatte.«

»Mit etwas Glück lässt sich Täter-DNA auf dem Haken nachweisen«, meinte Roland.

Antje nickte. Sie rief einen der Juister Mediziner an, um offiziell den Totenschein ausstellen zu lassen. Es stand ohnehin fest, dass an dem Opfer eine Obduktion vorgenommen werden musste. Dies war allerdings nur auf dem Festland möglich, dafür fehlten auf der kleinen Insel die Voraussetzungen. Die Kommissarin durchsuchte Pauls Taschen. Sie fand eine Geldbörse mit Kreditkarte und mehreren Hundert Euro in bar. Darin entdeckte sie auch seinen Personalausweis sowie den Studentenausweis der Westfälischen Wilhelms-Universität Münster. Wonach sie vergeblich suchte, war ein Smartphone – das Fehlen dieses Alltagsgegenstands fand sie bei einem jungen Menschen ungewöhnlich. Ob der Täter es mitgenommen hatte, um seine Identität zu verschleiern? Antje machte sich gedanklich eine Notiz.

»Wartest du bitte bei der Leiche auf den Arzt, Roland? Ich will noch einmal mit Frau Enger sprechen.«

»Ja, kein Problem«, gab er zurück und legte zunächst eine Kunststoffplane über den Toten – für den Fall, dass Spaziergänger vorbeikamen, die nicht durch den Anblick geschockt werden sollten. Außerdem war es für die Polizisten eine Frage der Pietät, den leblosen Körper nicht unnötig Blicken auszusetzen – ganz zu schweigen von Smartphonekamera-Aufnahmen.

Antje kehrte zu der Melderin auf die Aussichtsplattform zurück. Marie Enger klammerte sich mit beiden Händen am Geländer fest – so, als ob sie befürchtete, weggeweht zu werden. Sie drehte sich in Richtung der Polizistin und warf ihr einen verängstigt wirkenden Blick zu: »Haben Sie schon etwas herausgefunden?«

Antje ging nicht auf die Frage ein. Stattdessen sagte sie: »Ich muss zunächst erfahren, wann Ihnen der Tote aufgefallen ist.«

»Vor einer halben Stunde, und dann habe ich Sie sofort angerufen!«, lautete die Erwiderung. Die Kommissarin schaute auf die Uhr. Es war gleich halb vier nachmittags. Paul Hoffmanns Todeszeitpunkt stand noch nicht fest, würde sich aber spätestens nach der Obduktion genauer eingrenzen lassen. Am Vormittag hatte das Opfer jedenfalls noch gelebt, das konnten sowohl Antje als auch Roland bestätigen.

»Haben Sie sich schon länger in der näheren Umgebung aufgehalten, Frau Enger?«

»Ich bin gegen zwölf Uhr in meinem Urlaubsquartier in der Gräfin-Theda-Straße aufgebrochen. Ein bestimmtes Ziel hatte ich nicht, wollte mir einfach nur Bewegung verschaffen.«

»Sind Sie anderen Personen begegnet, bevor Sie den *Dree Water Utkiek* erreichten?«

Antjes Satz schien die ohnehin nervöse Frau noch mehr durcheinanderzubringen: »Glauben Sie etwa, dass ich dem Mörder begegnet bin?«

»Das habe ich nicht gesagt«, stellte die Kommissarin klar, »aber wir müssen uns ein Bild von der Gesamtsituation machen.«

»Ich bin nur so einem jungen Ding begegnet, aber die kann doch nicht darin verwickelt sein?!«, stieß die Melderin aufgeregt hervor.

»Wie sieht diese Person denn aus?«, hakte Antje nach.

Trotz ihrer Unruhe erwies sich Marie Enger als eine gute Zeugin. Sie beschrieb eine Frau, die eine bemerkenswerte Ähnlichkeit mit Ella Dorn hatte.

Kapitel 3

Antje beschloss, so bald wie möglich mit der jungen Frau zu sprechen. Doch zunächst musste sie noch ein Detail von Marie Enger erfahren: »Wissen Sie noch, um welche Uhrzeit Sie der schwarzhaarigen Dame begegnet sind?«

»Das war gegen halb drei, ungefähr dreißig Minuten später habe ich dann den Toten entdeckt.«

Die Polizistin notierte sich die Mobilnummer der Melderin. Dann sagte sie: »Ihre Anwesenheit hier ist nicht länger nötig. Sie haben uns sehr geholfen. Ich möchte Sie bitten, morgen zur Wache zu kommen, damit wir Ihre Aussage schriftlich niederlegen können. Und wenn Ihnen noch etwas einfällt, dann können Sie mich jederzeit erreichen.«

Mit diesen Worten gab Antje Frau Enger eine ihrer Visitenkarten.

»Ich hoffe, dass Sie den Mörder bald finden. Man fühlt sich ja seines Lebens nicht mehr sicher«, murmelte die Melderin zum Abschied.

Bevor die Kommissarin etwas erwidern konnte, erschien nun der angeforderte Arzt auf der Bildfläche. Während er die Leiche zu untersuchen begann, nahm die Polizistin telefonisch Kontakt mit einem der Fuhrunternehmer auf, die auf Juist mithilfe ihrer Pferdefuhrwerke für den Transport schwerer Lasten zuständig waren.

»Moin, wir brauchen mal wieder deine Hilfe. Es hat einen Mord gegeben«, erklärte Antje. Außerdem sagte sie natürlich auch, wo sich der Leichnam befand.

»Ich verstehe«, gab der Fuhrmann mit dem typischen Gleichmut der Inselfriesen zurück. Er hatte für die Polizisten schon öfter eine Lieferung an das gerichtsmedizinische Institut Oldenburg übernommen und versprach, innerhalb einer halben Stunde vor Ort zu sein. Die Kommissarin bedankte sich und sprang wieder von der Aussichtsplattform herunter, um sich zu ihrem Kollegen und dem Arzt zu gesellen.

»Hannes macht sich auf den Weg«, berichtete sie.

Roland antwortete: »Gut, dann kann er auch gleich den Bootshaken mitnehmen und an das Kriminallabor Oldenburg schicken. Sind wir uns einig, dass es sich um die Mordwaffe handelt?«

»Davon gehe ich aus – untersucht werden muss der Gegenstand auf jeden Fall«, stellte sie fest.

Der Mediziner kniete neben Paul Hoffmann. Nun blickte der Doktor auf und erklärte: »Die Stichverletzung am Hals stellt die Todesursache dar. Schätzungsweise ist das Opfer zwischen zwölf Uhr mittags und drei Uhr nachmittags ums Leben gekommen, das wird sich erst bei der Obduktion genauer eingrenzen lassen.«

Roland hatte den Inhalt von Pauls Taschen in Beutel für Beweisstücke getan. Er fragte: »Als du Pauls Personalien aufgenommen hast, wirst du auch seine Mobilnummer notiert haben, oder?«

»Ja, sicher. – Du denkst an eine Ortung des Geräts?«

Der Kommissar nickte und erwiderte: »Wir sollten uns nicht darauf versteifen, dass es sich bei dem Täter um Ella oder eine andere Person aus einer der beiden Studentengruppen handelt. Ein Außenstehender kann nicht wissen, dass die Polizei Pauls Telefonnummer hat. Oder – falls der Mörder doch zum Umfeld des Opfers gehört – er oder sie denkt einfach nicht daran. Einen Versuch ist es jedenfalls wert.«

Er hatte ein Ortungsprogramm auf seinem Smartphone und tippte nun die Nummer ein. Die Anwendung begann zu arbeiten und konnte schon bald ein Ergebnis vorweisen. Roland zeigte seiner Kollegin sein Handydisplay. Darauf war ein Kartenausschnitt von Juist zu sehen, wobei das gesuchte Telefon durch einen blinkenden roten Punkt symbolisiert wurde.

»Das ist an der Billstraße, Antje! Wetten, dass wir das Gerät im Ferienhaus der Studenten finden?«

»Paul kann es auch einfach dort vergessen haben. – Wie auch immer, wir müssen ja wegen Ella sowieso dorthin fahren«, erwiderte die Polizistin. Sie führte sich vor Augen, dass sie und Roland es nicht mit abgebrühten Berufsverbrechern zu tun hatten. Der Mord an Paul Hoffmann trug die Handschrift eines Amateurs. Ein eigentlich harmloser Alltagsgegenstand – ein Bootshaken – war zu einer Mordwaffe umfunktioniert worden. Und eine Tat am frühen Nachmittag in aller Öffentlichkeit, bei der man jederzeit mit Augenzeugen rechnen musste, sprach ebenfalls nicht für ein minutiös geplantes und mit kühlem Kopf ausgeführtes Verbrechen. Aber welche Rolle spielte Ella? War sie dank purem Glück selbst mit dem Leben davongekommen oder hatte sie mit dem Tod ihres Freundes zu tun? Handelte es sich bei ihr vielleicht sogar um die Mörderin? Antje ermahnte sich selbst, zu diesem Zeitpunkt nichts auszuschließen.

Einige Zeit später erschien der Fuhrmann. Seinen Pferdewagen hatte er weiter unten am Piratenpad stehen gelassen, denn der Weg zu der Aussichtsplattform war für das Fahrzeug zu schmal. Roland hatte inzwischen den Leichnam in eine Plane gewickelt und auch den Bootshaken transportfertig gemacht. Mit vereinten Kräften schafften die Polizisten und Hannes Pauls sterbliche Hülle sowie die mutmaßliche Mordwaffe zum Wagen. Hannes schwang sich auf den Kutschbock und machte sich auf den Weg zum Hafen. Antje blickte auf die Uhr. Er würde es noch rechtzeitig schaffen, um den Weitertransport mit der Nachmittagsfähre zu ermöglichen.

»Schauen wir, was die Studentengruppe macht!«

Mit diesen Worten fuhr Roland los. Mit ihren Fahrrädern erreichten er und seine Kollegin innerhalb kürzester Zeit das Ferienhaus an der Billstraße. Die Kommissarin kannte es natürlich, mit dem Vermieter war sie zur Grundschule gegangen. Er gehörte zu den wenigen Gastgebern, die ihre Ferienunterkünfte auch Jugendgruppen überließen. Viele seiner Berufskollegen befürchteten Vandalismus, aber Joost war in dieser Hinsicht eher sorglos. Außerdem hatte er keine besonders hochwertige Einrichtung angeschafft, die sich im Notfall leicht ersetzen ließ. Antje wunderte sich darüber, dass so ein Schnösel wie Paul sich mit einer eher primitiven Unterkunft zufriedengegeben hatte. Vielleicht war ihm nicht klar gewesen, in was für ein einfaches Quartier er mit seinen Freunden einziehen würde.

Während ihr diese Überlegungen durch den Kopf schwirrten, hatten sie und ihr Kollege die Räder geparkt. Roland klingelte an der Tür. Das Ferienhaus wirkte von außen etwas renovierungsbedürftig. Der Eigentümer war offensichtlich nicht gewillt, allzu viel Geld für die Instandhaltung auszugeben. Antje lauschte. Beschwingter sommerlicher Pop ertönte, aber die Musik schien nicht aus dem Inneren des Gebäudes zu kommen. Sie erinnerte sich daran, dass es auf der Hinterseite eine Terrasse mit Gartenmöbeln und einem gemauerten Grillplatz gab. Die Kommissarin forderte Roland mit einer knappen Kopfbewegung dazu auf, ihr zu folgen. Sie umrundete das Haus auf der Ostseite. Antje hatte sich nicht getäuscht. Ella sowie die drei übrigen Mitglieder der Gruppe hatten es sich auf den Liegestühlen und Outdoor-Sesseln gemütlich gemacht. Sie trugen Badekleidung. Etliche leere Sektflaschen deuteten darauf hin, dass die Studenten nicht mehr ganz nüchtern waren. Ella schob ihre Sonnenbrille hoch, schaute die Polizisten an und fauchte: »Was wollen Sie denn schon wieder? Gibt es jetzt auch noch einen Platzverweis für unsere eigene Terrasse? Hat sich jemand wegen der Musik beschwert? Wir haben den Sound extra so leise gedreht, dass man die Flöhe husten hören kann!«

Würde sich die junge Frau wirklich so patzig benehmen, wenn sie etwas zu verbergen hatte? Antje kannte Ella Dorn nicht, daher musste die Frage vorerst offenbleiben. Vielleicht handelte die Studentin ja nach dem Motto: Angriff ist die beste Verteidigung. Roland schüttelte den Kopf und sagte: »Wir sind wegen Paul Hoffmann hier. Wann haben Sie ihn zum letzten Mal gesehen?«

Ein Dunkelblonder mit halblangen Haaren – sein Name lautete Florian Schröder – grimassierte und öffnete den Mund. Antje rechnete damit, einen dummen Spruch aufgetischt zu bekommen. Doch entweder war Schröder nicht betrunken genug oder verfügte über ausreichend Sensibilität, um die Ernsthaftigkeit der Beamten zu erkennen. Er richtete sich in seinem Sessel auf und antwortete: »Gegen ein Uhr sind Paul und Ella spazieren gegangen, dann kam sie um drei Uhr allein zurück.«

»Da hast du ja brav aufgepasst, Flo!«, spottete die Schwarzhaarige. »Notierst du dir solche Zeiten in deinem Stalker-Tagebuch? – Was geht Sie das überhaupt an?!«

Den letzten Satz warf sie den Kommissaren an den Kopf. Antje ging zunächst nicht darauf ein, sondern redete mit den übrigen Anwesenden. Auch die beiden anderen Studenten bestätigten, dass Paul und Ella gemeinsam fortgegangen waren. Ella hatte ihre Sonnenbrille immer noch nicht wieder auf die Nase gesetzt. Daher war nicht zu übersehen, wie sie genervt mit den Augen rollte. Die Kommissarin trat einen Schritt näher und sagte: »Wir müssen Ihnen leider mitteilen, dass Ihr Freund nicht mehr lebt. Paul Hoffmann wurde vermutlich Opfer eines Gewaltverbrechens.«

Einen Moment lang schien die Gruppe in einer Art Schockstarre zu verharren. Ellas Augen wurden feucht, füllten sich mit Tränen. Ihre coole Fassade bröckelte im Handumdrehen. Flo stand auf und schaltete die Musik aus. Die fröhliche Strandmusik mit ihren Karibik-Beats wirkte in diesem Moment völlig unpassend.

»Das waren Felix und seine Handlanger!«, rief Eric Keller, der bisher noch kein Wort von sich gegeben hatte. Das Gesicht dieses Studenten erinnerte Antje an das eines Frettchens.

Roland richtete seinen Zeigefinger wie eine Waffe auf ihn: »Wenn Sie keinen Beweis für diese Behauptung haben, sollten Sie mit solchen Anschuldigungen sehr vorsichtig sein! Wir untersuchen Pauls Tod bereits – und wir werden alles tun, um den oder die Täter zur Verantwortung zu ziehen!«

»Wer sonst soll Paul denn totgeschlagen haben?«, murmelte Keller, wobei er sich jetzt reichlich kleinlaut anhörte. Antje horchte auf. Die Todesart hatten sie und ihr Kollege noch nicht erwähnt. Wollte er auf besonders raffinierte Art seine eigene Unschuld herausheben? Dass Paul Hoffmann nicht verprügelt, sondern mit einem Bootshaken ins Jenseits befördert worden war, konnte nur der Täter wissen – oder eine Person, die zum Zeugen geworden war. Die Kommissarin beschloss, sich später um Keller zu kümmern. Nun konzentrierte sie sich ganz auf Ella, die offenbar unter Schock stand.

»Das kann nicht sein … Sie müssen sich irren …«, wiederholte die Schwarzhaarige immer wieder zwischen ihren Schluchzern. Ella zitterte am ganzen Körper. Florian Schröder stand auf, kam herüber und wollte seinen Arm um ihre Schultern legen.

»Fass mich nicht an!«, fauchte Ella. »Das ist doch die Gelegenheit, auf die du immer gewartet hast!«

Der Student hob abwehrend die Handflächen und trat wieder einen Schritt zurück. Er warf Antje einen Blick zu, der so viel bedeuten konnte wie: *Legen Sie nicht jedes Wort auf die Goldwaage, Ella ist vor Schmerz außer sich.* Roland sagte: »Wir verstehen, dass die Situation für Sie alle sehr schwer sein muss. Dennoch benötigen wir Ihre Hilfe, um das Verbrechen aufklären zu können. – Hatte Paul Hoffmann sein Smartphone bei sich, als Sie mit ihm losgegangen sind?«

Die Frage war natürlich an Ella gerichtet. Die Polizisten hätten ihr gern Zeit gegeben, sich wieder einigermaßen zu beruhigen. Doch falls sich ein möglicher Verdacht bewahrheitete, dann war einer von diesen jungen Leuten der Täter. Pauls Freundin hatte ein Papiertaschentuch aus ihrer Handtasche gefischt, wischte sich die Tränen weg und putzte ihre Nase. Dann erwiderte sie: »Ja, er hatte sein Telefon immer bei sich. Warum ist das wichtig?«

»Wir haben es nicht bei der Leiche gefunden. – Und laut unserer Ortungsapp befindet es sich hier im Haus«, erklärte der Polizist.

»Das ist nicht möglich!«, behauptete Ella. »Als Paul und ich uns getrennt haben, hatte er das Smartphone noch bei sich.«

»Wir haben jetzt keinen Durchsuchungsbeschluss, aber bei Gefahr im Verzug benötigen wir den auch nicht«, stellte Antje klar. »Daher werde ich mich jetzt im Haus umsehen.«

Weder Ella noch die anderen Studenten protestierten. Ihnen allen schien die Nachricht vom Tod ihres Freundes in den Knochen zu stecken. In der Vergangenheit hatte die Kommissarin die Erfahrung gemacht, dass manche Täter hervorragend schauspielern konnten. Selbst Ellas tränenreicher Ausbruch war nach Antjes Meinung noch kein Beweis für ihre Unschuld. Aus welchem Grund hatte sie den Rückweg allein angetreten? Und – musste man Florian Schröder wirklich als einen Nebenbuhler betrachten, wie Ellas Reaktion auf seinen Versuch des Tröstens nahelegte? Antje zog sich Latexhandschuhe über, während sie das Ferienhaus durch die offene Terrassentür betrat. Es roch nach Kartoffelchips und teurem Aftershave. Offenbar legten die jungen Herren einerseits Wert auf ihr Erscheinungsbild, hatten aber andererseits keine Lust zum Kochen. Die Küche des Hauses war jedenfalls verwaist, wenn man von den leeren Chipstüten absah. Natürlich würde eine intensive Durchsuchung des Gebäudes unverhältnismäßig viel Zeit in Anspruch nehmen. Antje ging einfach davon aus, dass der Täter kein besonders raffiniertes Versteck für das Telefon gefunden hatte. Außerdem war es vielleicht gar nicht auf stumm geschaltet. Sie zog ihr eigenes Smartphone hervor und tippte Paul Hoffmanns Nummer ein. Ein Klingeln ertönte. Die Kommissarin fühlte, wie ihr Adrenalinspiegel anstieg, während sie die Treppe hinauf ins erste Stockwerk eilte. Sie folgte dem rhythmischen Geräusch eines eingängigen Klingeltons und öffnete die erste Tür auf der rechten Seite. Dahinter befand sich ein spärlich eingerichtetes Zimmer. Es gab nur ein Bett, einen Kleiderschrank, einen Stuhl und eine Kommode. Nur das gerahmte Foto einer Möwe, die auf einem Duckdalben saß, sorgte für maritime Atmosphäre. Ansonsten hätte der Raum sich auch in jedem Landstrich jenseits der Küste befinden können. Doch dies nahm die Kommissarin nur am Rand wahr. Sie folgte dem Klingelton und öffnete die oberste Kommodenschublade. Dort lag das Smartphone des Toten. Kein besonders gutes Versteck, wie Antje fand. Vor allem, da die Lade ansonsten leer war. Der Bewohner des Zimmers hatte offensichtlich keine Lust zum Auspacken gehabt. In einer Ecke lag eine geöffnete blaue Reisetasche, darin befanden sich Wäschestücke. Das zerwühlte Bett war nicht gemacht. Die Polizistin brach den Anruf ab und steckte das Telefon in einen Beutel für Beweisstücke. Dann kehrte sie auf die Terrasse zurück und hielt das gefundene Smartphone hoch.

»Wer wohnt in dem Zimmer direkt rechts von der Treppe?«

Die Blicke der Studenten richteten sich auf Florian Schröder.

»D-da habe ich mich einquartiert«, brachte er stammelnd hervor.

Kapitel 4

Ella flippte aus: »Bist du irre, Flo?! Was hast du Paul angetan, du Psycho?«

Sie wollte sich auf Schröder stürzen, aber Roland hatte ihre Reaktion vorausgesehen und stellte sich schützend vor den dunkelblonden Studenten.

»Ich bin unschuldig!«, verteidigte er sich. »Nachdem du und Paul weg wart, bin ich die ganze Zeit hier draußen gewesen. Das können Eric und Jannik bezeugen.«

Er zeigte hilfesuchend auf Keller und den anderen Studenten, dessen Name Jannik Mohl lautete. Nach einer kurzen Pause sagte Mohl: »Es stimmt, Flo war bei uns. Wir haben zusammen ein paar Flaschen Sekt leer gemacht.«

Nach Antjes Meinung gab es zwei Möglichkeiten. Entweder stimmte diese Aussage – dann hatte jemand Schröder das Smartphone untergeschoben, um den Verdacht auf ihn zu lenken. Oder Keller und Mohl deckten Schröder, weil sie den Mörder von Paul Hoffmann davonkommen lassen wollten. Die erste Variante kam der Kommissarin plausibler vor, doch solange sie kein Mordmotiv erkennen konnte, glichen ihre Überlegungen eher einer Kaffeesatzleserei.

»Wir werden von Ihnen allen die Fingerabdrücke nehmen«, verkündete sie, »das ist die beste Möglichkeit, Licht ins Dunkel zu bringen.«

»Wieso das denn?«, wollte Mohl wissen.

Schröder antwortete anstelle der Polizisten: »Weil derjenige, der außer Paul das Telefon angefasst hat, auch sein Mörder sein kann. – Machen Sie nur, ich habe nichts zu verbergen.«

Roland zog den Fingerprint-Scanner hervor und begann mit dem dunkelblonden Studenten. Die übrigen Anwesenden waren nicht so entgegenkommend wie er, doch keiner von ihnen verweigerte die Kooperation. Als Letzte kam Paul Hoffmanns Freundin an die Reihe.

»Bitte begleiten Sie uns zur Wache, Frau Dorn.«

Mit diesen Worten wandte Antje sich an die Studentin. Ella hatte sich zwischenzeitlich ein wenig beruhigt, aber nun fuhr sie wieder aus der Haut: »Wieso das denn?! Reicht es nicht, dass Sie nun meine Fingerabdrücke haben? Verdächtigen Sie mich etwa des Mordes an Paul? Er war doch mein Freund, ich habe ihn geliebt!«

Die hat wirklich eine kurze Zündschnur, dachte die Kommissarin. Sie sagte: »Wir befragen Sie als Zeugin – jedenfalls zunächst. Falls wir den Eindruck gewinnen, dass Sie etwas mit der Tat zu tun haben könnten, sieht die Sache anders aus. Dann würden wir Ihnen empfehlen, sich einen Rechtsbeistand zu nehmen.«

Roland fügte hinzu: »Sie als Jurastudentin werden die Vorgehensweise ja kennen, zumindest theoretisch.«

»Selbstverständlich!«, erwiderte Ella und warf dem Kommissar einen schnippischen Blick zu. »Also gut, dann komme ich mit! Vielleicht sind Sie ja wirklich in der Lage, den Täter zu verhaften.«

Weder Antje noch Roland gingen auf ihren letzten Satz ein. Sie hatten es schon öfter erlebt, dass sie als uniformierte Beamte, die auf einer friedlichen Insel Dienst taten, unterschätzt wurden. Umso größer war dann der Schock bei den Tätern, wenn ihnen ihre Verbrechen nachgewiesen werden konnten. Bevor die beiden mit der Studentin fortgingen, sagte die Kommissarin: »Sie halten sich bitte zu unserer Verfügung, Herr Keller, Schröder und Mohl. Wir werden auch Sie noch befragen müssen.«

»Nur zu – ich habe Pauls Smartphone niemals angefasst!«, behauptete Mohl und verschränkte trotzig die Arme vor der Brust. Antje lag die Bemerkung auf der Zunge, dass der Täter auch Handschuhe hätte tragen können. Aber war diese

Annahme wirklich realistisch? Die Tötung mithilfe eines Bootshakens sah nach Meinung der Polizistin nach einem spontanen Verbrechen aus. Und Handschuhe – welcher Art auch immer – gehörten im Hochsommer auf einer Nordseeinsel nicht zu den alltäglichen Gebrauchsgegenständen. Die Ermittler schoben ihre Fahrräder, weil die Studentin nicht über ein Zweirad verfügte. Der kurze Fußmarsch durch den Ortskern verlief schweigend – abgesehen davon, dass die Polizisten von mehreren ihnen entgegenkommenden Insulanern freundlich gegrüßt wurden. Dies fiel auch Ella auf: »Hier auf Juist ist die Welt noch in Ordnung, oder?«

»Wir achten aufeinander, und die Menschen merken schnell, wenn etwas verdächtig ist«, erklärte Antje. Sie fuhr fort: »Manche Straftaten werden gar nicht erst begangen, weil die Fluchtchancen eher gering sind.«

Nachdem sie die Polizeistation erreicht hatten, setzte Roland Wasser für frischen Tee auf. Die Kommissarin bot Ella ihren Besucherstuhl an und sagte: »Wir werden mit Ihrer Hilfe versuchen, die letzten Stunden vor Paul Hoffmanns Tod zu rekonstruieren. Dafür ist es wichtig, dass Sie uns alle Einzelheiten mitteilen und nichts auslassen – worüber Sie mit ihm gesprochen haben, wem Sie vielleicht begegnet sind und so weiter.«

»Das sind aber sehr persönliche Angaben, Frau Fedder.«

»Darüber bin ich mir im Klaren. Aber Sie möchten uns doch bei der Aufklärung des Verbrechens helfen«, unterstrich Antje. Sie konnte verstehen, dass Ella zögerte. Es fragte sich nur: Aus welchem Grund? Weil sie vor den Beamten nicht ihr Liebesleben ausbreiten wollte – oder weil sie vielleicht sogar die Täterin war?

Nun kam der Kommissar mit dem Tee, den er mittlerweile zubereitet hatte. Die Studentin nahm einige Schlucke von der starken Assam-Mischung. Dann fasste sie sich ein Herz und begann stockend zu erzählen: »Nach dem Bootsrennen war Paul völlig aufgedreht. So, als ob er Kokain geschnupft hätte. – Nicht, dass ich Drogenerfahrung hätte«, fügte sie schnell hinzu.

»So etwas würden wir Ihnen niemals unterstellen«, beteuerte Roland mit Unschuldsmiene.

Ella schaute ihn an. Sie schien zu überlegen, ob er sie veräppeln wollte oder nicht. Nach einer kurzen Pause redete sie weiter: »Wie auch immer – jedenfalls schlug ich Paul einen Spaziergang vor, nur er und ich. Meine Hoffnung war, dass er sich beruhigen würde. Mein Freund wusste nämlich leider nicht immer, wann er besser aufhören sollte.«

»Erklären Sie uns das bitte genauer.«

»Dieses Bootsrennen ist das beste Beispiel, Herr Witte. Er und Felix waren schon länger Rivalen, wodurch die Atmosphäre in den Vorlesungen teilweise vergiftet wurde. Ganz zu schweigen von Arbeitsgruppen, wo die beiden Streithähne miteinander auskommen mussten. Ich hatte mehrfach die Befürchtung, dass es knallen würde. Eine Schlägerei vor den Augen eines Professors hätte ihre beiden Karrieren nachhaltig zerstören können. Also hatte ich die Idee eines sportlichen Wettstreits …«

»Und warum ausgerechnet auf Juist?«, wollte Antje wissen.

Ella erwiderte: »Ich bin als Kind mit meinen Eltern hier gewesen und habe viele schöne Erinnerungen an das ›Töwerland‹. Und außerdem ist es uns mit etwas Glück gelungen, drei Ferienhäuser zu buchen. Wenn das nicht geklappt hätte, wären wir auf eine andere Insel oder die Küste ausgewichen.«

Die Worte der Studentin waren einleuchtend. Aber Antjes Berufserfahrung sagte ihr, dass sie nicht die ganze Wahrheit aufgetischt bekam. Die Kommissarin klopfte auf den Busch: »Wie kam es eigentlich zu diesem ständigen Wettstreit zwischen Paul und Felix? Die Geschichte mit dem Stipendium kaufe ich Ihnen nämlich nicht ab!«

Ella wirkte nun tatsächlich wie eine ertappte Lügnerin. Sie errötete und murmelte: »Die Fördergelder für Harvard gibt es tatsächlich …«

»Das mag sein, aber in Wirklichkeit ging es doch hauptsächlich um *Sie*, Frau Dorn.«

»Woher wissen …«

Die Studentin beendete den Satz nicht. Antje vermutete, dass sie sich am liebsten auf die Zunge gebissen hätte. Aber es war zu spät, die Polizisten hatten sie durchschaut.

»Ja, verflixt«, stieß sie hervor, »aber ich hätte niemals gedacht, dass mein Ex zu einem Mord fähig wäre!«

Die Kommissarin horchte auf: »Also waren Sie früher mit Felix Rohde zusammen?«

»Das habe ich doch gerade gesagt, Frau Fedder!«

»Sie äußerten auch, dass Sie Pauls Rivalen eine solche Tat nicht zugetraut hätten«, warf Roland ein. »Wurden Sie Augenzeugin des Mordes?«

»Nein, natürlich nicht! Ich hätte schon verhindert, dass die beiden aufeinander losgegangen wären.«

Antje wusste nicht, was sie von diesen Worten halten sollte. Entsprachen sie der Wahrheit – oder zumindest einem Teil davon? Die Polizistin benötigte mehr Informationen, um sich ein Urteil bilden zu können. Sie forderte Ella mit einer Handbewegung auf, fortzufahren. Die Studentin sagte: »Ich mag Felix immer noch. Er ist ein lieber Kerl, aber so – besitzergreifend. Er konnte es nicht verstehen, dass ich mich in seinen ärgsten Konkurrenten verliebt habe. Gegen Gefühle ist nun mal kein Kraut gewachsen, oder? Und ich wäre glücklich gewesen, wenn die beiden Männer ihre Rivalität endlich beigelegt hätten. Stattdessen schaukelten sie sich gegenseitig immer weiter hoch. Felix behauptete, dass Pauls

Vater bei der Stipendienvergabe seine Hände im Spiel gehabt hätte.«

»Und – war das so?«

»Ich weiß es nicht, Herr Witte. Jedenfalls habe ich nicht versucht, es herauszufinden. Paul mochte es nicht, wenn man ihn auf seinen Papa ansprach. Dr. Hoffmann ist nämlich ein sehr erfolgreicher Strafverteidiger. Als Sohn eines solchen Juristen muss man immer mit dem Verdacht rechnen, sich nach dem Studium sozusagen ins gemachte Nest zu setzen. – Aber Paul war seine Unabhängigkeit immer sehr wichtig. Er wollte ohne den Einfluss seiner Familie Karriere machen.«

Roland forderte: »Kommen wir auf den Spaziergang zurück. Uns interessiert, aus welchem Grund Sie allein zum Ferienhaus zurückkehrten.«

»Weil wir uns zerstritten haben!«, platzte Ella heraus. »Verstehen Sie jetzt, warum Pauls Tod doppelt und dreifach schlimm für mich ist? Jetzt gibt es nämlich keine Chance mehr auf Versöhnung!«

Die Studentin begann wieder zu weinen. Antje und Roland ließen ihr Zeit, sich zu beruhigen. Dann fragte die Polizistin: »Wie kam es zu dem Zwist?«

»Es gelang mir nicht, Paul zu beruhigen«, gab die Studentin zu, »man hätte denken können, dass er unter Drogen stand. Es reichte ihm nicht, Felix bei dem Bootsrennen besiegt zu haben. Mein Freund schlug doch allen Ernstes vor, dass wir abends im Ferienhaus eine Party veranstalten sollten, zu der wir Felix und seine Kumpane einladen. Und dann wollte er vor ihren Augen mit mir herumknutschen, um meinen Ex so richtig zu demütigen. Ich sagte, dass ich mich für so einen schäbigen Plan nicht hergeben würde. Daraufhin unterstellte Paul mir, immer noch in Felix verknallt zu sein. Ich sagte, dass er nicht ganz frisch im Oberstübchen wäre, und ließ ihn stehen. Das war das Letzte, was er von mir zu hören bekam …«

Ellas Stimme begann bei den letzten Worten zu zittern. Antje hakte schnell nach: »Um welche Uhrzeit war das ungefähr?«

»Vielleicht vierzehn Uhr, aber die Hand würde ich dafür nicht ins Feuer legen, Frau Fedder. – Ich war sehr aufgebracht. Und ich fragte mich ernsthaft, ob die Beziehung mit Paul nicht ein Fehler war. Vielleicht könnte er noch leben, wenn wir nicht zusammengekommen wären.«

»So dürfen Sie nicht denken«, stellte die Kommissarin klar, »für den Tod Ihres Freundes ist ganz allein sein Mörder verantwortlich und sonst niemand. – Sie haben bereits einen Verdacht gegen Felix Rohde geäußert. Fallen Ihnen noch andere Personen ein, denen Sie die Tat zutrauen würden?«

Ella druckste herum: »Ich will niemanden beschuldigen …«

Roland sagte: »Das tun Sie nicht, und wer keine Straftaten begangen hat, muss das Gesetz auch nicht fürchten. – Was ist denn mit Florian Schröder, den Sie vorhin so angegangen haben? Existiert so ein Stalker-Tagebuch wirklich?«

»Das weiß ich nicht, Herr Witte. Und es tut mir jetzt leid, wie ich mit Flo umgesprungen bin. Er ist schon lange unglücklich verliebt in mich, wobei ich ihm niemals Hoffnungen gemacht habe. – Aber er war doch die ganze Zeit über auf der Terrasse des Ferienhauses, das haben die anderen bestätigt.«

Ja, falls sie nicht zu seinen Gunsten gelogen haben, dachte Antje. Nach dem, was sie gehört hatte, war Paul Hoffmann durchaus jemand gewesen, der die Menschen gegen sich aufbringen konnte. Ella wirkte erschöpft. Die Kommissarin beschloss, die Befragung vorerst zu beenden. Aber eine Sache musste sie noch erfahren: »Können Sie mir bitte die Kontaktdaten von Pauls Familie geben?«

»Ja, selbstverständlich. – Pauls Vater wird am Boden zerstört sein, mein Freund war immer sein erklärter Kronprinz, während Anna nur Ärger macht.«

»Anna ist Pauls Schwester?«

»Erraten, Herr Witte.«

Nachdem Ella die Telefonnummer von Dr. Rolf Hoffmann genannt hatte, sagte Antje: »Das wäre für den Moment alles. Wir werden später noch Paul Hoffmanns Freunde befragen. Bitte halten Sie sich zu unserer Verfügung, falls wir noch einmal mit Ihnen sprechen müssen.«

»Für mich ist die Hauptsache, dass Sie den Dreckskerl verhaften, der Paul das angetan hat«, murmelte die Studentin. Sie erhob sich von ihrem Stuhl und schlurfte hinaus. Ihre hängenden Schultern erinnerten Antje an eine geschlagene Boxerin.

Nachdem sich die Tür der Wache hinter Ella geschlossen hatte, fragte die Kommissarin: »Was denkst du über die junge Dame?«

Roland antwortete: »Wir sollten nicht jedes ihrer Worte auf die Goldwaage legen, aber ihre Gefühle für Paul halte ich für echt. Mordverdächtig ist sie in meinen Augen trotzdem.«

»Das musst du mir erklären«, bat Antje.

Roland erwiderte: »Angenommen, es gab diesen Streit wirklich. Aber wenn nun das Wortgefecht anders verlief, als Ella es uns gegenüber dargestellt hat? Vielleicht wollte Paul die Beziehung beenden, so nach dem Motto: ›Ich kann jede Frau haben, du langweilst mich!‹«

Antje sagte: »Einverstanden, angesichts von Pauls großem Ego wäre dieser Verlauf denkbar. – Aber wo kam der Bootshaken für den spontanen Mord her? Das ist kein Gegenstand, den man zufällig findet oder der einfach so herumliegt – außer vielleicht am Hafen.«

»Oder bei den Ruderbooten«, schlug ihr Kollege vor. »Befanden sich Bootshaken an Bord?«

Antje erwiderte: »Das weiß ich nicht, aber ich finde es schnell heraus.«

Sie zog ihr Smartphone aus der Tasche und rief Knut Holm an. Die Antwort des Werftbesitzers kam schnell: »Natürlich, zu jedem Boot gehört so ein Haken, genau wie ein Paar Riemen.«

Die Polizistin bedankte sich und beendete das Telefonat.

Als Nächstes fuhren die Polizisten zu dem Ferienhaus, in dem die zu Pauls ›Fanclub‹ gehörenden Studentinnen untergebracht waren. Die jungen Damen schienen ebenso verkatert zu sein wie die Studenten in Pauls Ferienhaus. Ihre Aussagen brachten leider für den Fall keine neuen Erkenntnisse. Antje hinterließ ihre Visitenkarte und verabschiedete sich.

Ihr Kollege schaute sie fragend an: »Machen wir einen Abstecher zu den Ruderbooten?«

»Ja, falls Reinert nicht inzwischen wieder nüchtern ist und sie geholt hat, müssten sie sich noch am Strand befinden. Aber zunächst muss ich noch eine traurige Pflicht erfüllen.«

Roland ahnte, was sie vorhatte. Er bot an: »Ich kann den Anruf bei den Angehörigen machen.«

Antje lächelte ihm zu. Er versuchte immer, ihr solche unangenehmen Aufgaben abzunehmen. Das war einer der vielen Gründe dafür, dass sie ihn liebte. Aber natürlich lehnte sie seinen Vorschlag ab. Sie war nicht Polizistin geworden, um sich in Watte packen zu lassen. Wenn sie solche Herausforderungen nicht stemmen könnte, hätte sie gewiss ihren Beruf verfehlt. Obwohl Antje sich dies vor Augen führte, klopfte ihr Herz schneller, als sie die von Ella diktierte Zahlenfolge in ihr Handy tippte. Das Freizeichen ertönte, dann war eine tiefe und angenehm klingende Männerstimme zu hören.

»Hoffmann.«

»Moin, hier spricht Kommissarin Fedder von der Polizei Juist. – Sie sind Dr. Rolf Hoffmann, Vater von Paul Hoffmann?«

»Ja, der bin ich. – Falls mein Sohn in Schwierigkeiten steckt …«

Die Kommissarin fiel ihm ins Wort: »Entschuldigen Sie, aber darum geht es nicht. – Ich muss Ihnen leider mitteilen, dass Ihr Sohn nicht mehr lebt. Wir gehen von einem Gewaltverbrechen aus.«

Einen Moment lang herrschte Schweigen, noch nicht einmal das Atmen des Rechtsanwalts war zu hören. Antje hatte schon die unterschiedlichsten Reaktionen mitbekommen, wenn sie eine Todesnachricht überbringen musste. Und normalerweise tat sie dies lieber persönlich oder bat einen Polizeikollegen vor Ort, dies zu tun. Sie hätte selbst nicht sagen können, warum sie Dr. Hoffmann telefonisch benachrichtigen wollte.

»Ich verstehe. – Und wie geht es meiner Tochter?«

Die Stimme des Vaters klang gepresst, aber höchst beherrscht. Die Polizistin führte sich vor Augen, dass sie es mit einem erfahrenen Strafverteidiger zu tun hatte. Dr. Hoffmann war durch seine Gerichtsprozesse an Tod und Leid gewöhnt, wobei es diesmal seine eigene Familie betraf. Und seine Frage ließ Antje stutzig werden: »Wie meinen Sie das?«

»Meine Tochter Anna befindet sich ebenfalls auf Juist. Haben Sie keinen Kontakt zu ihr?«

»Nein, zumindest wohnt sie nicht in dem Ferienhaus, wo Paul und seine Freunde sich eingemietet haben. Wir machen uns aber umgehend auf die Suche nach ihr.«

»Gibt es bereits einen Mordverdächtigen?«, wollte Pauls Vater wissen.

»Wir ermitteln in alle Richtungen«, erwiderte die Kommissarin. Eigentlich mochte sie diese Phrase überhaupt nicht, aber sie wollte sich nicht in die Karten schauen lassen – auch nicht vom Vater des Toten.

»Dann schlage ich vor, dass Sie umgehend Anna befragen, Frau Fedder. Ich würde mich nicht wundern, wenn sie ihren Bruder auf dem Gewissen hätte.«

Kapitel 5

Antje musste diese Information erst einmal sacken lassen. Sie hatte als Polizistin ja schon die unterschiedlichsten Aussagen gehört – ob nun wahr oder unwahr. Aber dass jemand einer nahen Verwandten ein Tötungsdelikt zutraute, war ihr noch nicht untergekommen. Sie hakte nach: »Was veranlasst Sie zu dieser Vermutung, Herr Dr. Hoffmann? Oder gibt es handfeste Beweise für die Täterschaft Ihrer Tochter?«

»Nein, das nicht. – Es würde zu weit führen, diese Dinge am Telefon zu besprechen. – Soweit ich weiß, verfügt Ihre Insel über einen Flugplatz. Ich werde mich nach Verbindungen dorthin erkundigen und so bald wie möglich auf Juist erscheinen. Wo finde ich Ihre Dienststelle?«

Die Kommissarin beantwortete Dr. Hoffmanns Frage, indem sie die Adresse der Wache nannte. Er bedankte sich höflich und beendete das Telefonat. Sie spürte, wie ihr ein eiskalter Schauer über den Rücken lief. Antje neigte ja selbst nicht zu überschwänglichen Gefühlsausbrüchen – aber eine solche geschäftsmäßige Nüchternheit als Reaktion auf den gewaltsamen Tod des eigenen Sohnes kam ihr unnatürlich vor. Ganz zu schweigen von dem sofort geäußerten Verdacht gegen Pauls Schwester.

Obwohl Roland nicht alles mitbekommen hatte, entging ihm nicht, wie sehr das kurze Gespräch seine Kollegin verwirrt hatte. Nachdem sie ihm von Dr. Hoffmanns Reaktion berichtet hatte, schüttelte er den Kopf: »Wer weiß, was für ein übles Binnenklima in dieser Familie herrscht. Vielleicht kann es uns bei der Aufklärung des Mordes nützen, wenn Pauls Vater hier erscheint.«

»Ja, das wäre möglich«, murmelte Antje, »und wir sollten herausfinden, ob Anna Hoffmann sich wirklich momentan auf Juist befindet. Vorausgesetzt, sie heißt wirklich noch so und hat nicht geheiratet und dadurch einen anderen Namen. Das wird sich zeigen. Aber zuerst schauen wir nach den Ruderbooten.«

Die beiden fuhren zum Strand hinüber. Auf dem kurzen Weg dorthin fügte die Polizistin in Gedanken alles zusammen, was sie bisher über das Mordopfer erfahren hatte. Wenn Pauls eigene Freundin schon einräumen musste, dass er Menschen bis aufs Blut provozierte und demütigte, wenn sie ihm in die Quere kamen – warum sollte er nicht auch gegenüber seiner Schwester gemein und hinterhältig gewesen sein? Dies war jedenfalls ein Charakterzug von Paul Hoffmann, der einigen Personen gewiss ein überzeugendes Motiv für einen Mord an ihm lieferte. Die Boote lagen noch dort, wo sie aufs Land gezogen worden waren, bevor Antje und Roland die Platzverweise ausgesprochen hatten. In einem der Wasserfahrzeuge lag ein Bootshaken, in dem anderen fehlte er. Die Ermittler befragten einige Badegäste, die in der Nähe ihre Strandmatten ausgebreitet hatten und das schöne Wetter genossen. Es stellte sich heraus, dass sie noch nicht allzu lange dort waren. Keiner von ihnen hatte gesehen, wer den Bootshaken mitgenommen hatte. Die Zeugen kamen den Kommissaren glaubwürdig vor. Das nächste Ziel für Antje und Roland war die Touristinformation im Rathaus. Dort wurden die Übernachtungen in den Hotels, Pensionen und Privatzimmern der Insel registriert, denn die Urlauber mussten einen Gästebeitrag entrichten, der auf der sogenannten »Töwercard« vermerkt wurde. Schon vor drei Tagen war eine Frau namens Anna Hoffmann angereist. Sie wohnte in der Pension Tigges. Die Polizisten bedankten sich für die Information.

»Der Dame werden wir sicher bald unsere Aufwartung machen«, sagte Roland, als sie das Rathaus wieder verließen, »aber zunächst sollten wir Felix Rohdes Alibi überprüfen. Wenn ich daran denke, dass er Paul Hoffmann offen mit dem Tod bedroht hat – wenn der Vater des Opfers das herausfindet und wir uns den Verdächtigen bis dahin nicht zur Brust genommen haben, dann kriegen wir richtig Ärger.«

»Und das zu Recht«, betonte Antje, »dafür muss kein renommierter Strafverteidiger hier einfliegen.«

Das Ferienhaus in der Deichstraße war etwas neuer und gepflegter als die Unterkunft, für die sich Paul und seine Freunde entschieden hatten. Nachdem Roland dort geklingelt hatte, wurde ihnen von einem jungen Studenten geöffnet. Der sommersprossige Rotschopf hieß Niklas Boll. Er warf den Polizisten einen herausfordernden Blick zu: »Was wollen Sie denn schon wieder?«

»Von Ihnen gar nichts«, gab Roland trocken zurück, »wir möchten mit Felix Rohde sprechen.«

»Der ist nicht hier«, erwiderte Niklas Boll und wollte die Tür schon zuschlagen. Doch der Kommissar hinderte ihn daran, indem er gegen das Türblatt drückte.

»Davon möchten wir uns selbst überzeugen«, sagte Antje.

»Haben Sie einen Durchsuchungsbeschluss?«, grollte der junge Mann.

Die Polizistin erwiderte: »Bei Gefahr im Verzug benötigen wir ein solches Dokument nicht. Ich nehme an, dass Sie ebenfalls Jura studieren, also sollte Ihnen dies bekannt sein.«

»Und wo ist die Gefahr, von der Sie reden?«, höhnte Boll. Trotz seiner ablehnenden Haltung stolperte er einige Schritte zurück und gab die Tür frei.

Die Ermittler traten in den Eingangsbereich, der mit einigen Fotos von Fischkuttern und Leuchttürmen geschmückt war. Auf einer großen Kommode hatte man Reste eines Schleppnetzes um einige große Muscheln drapiert – eine von den Ferienhaus-Dekorationen, die Roland gern als »Staubfänger« bezeichnete. Antje schaute Boll direkt in die

Augen und erklärte: »Paul Hoffmann wurde ermordet, und wir untersuchen die Umstände seines Todes.«

Boll blieb für den Moment die Spucke weg. Er starrte die Kommissarin an und schien zu überlegen, ob sie ihn auf den Arm nehmen wollte. Dann stammelte er: »Und jetzt glauben Sie, Felix hätte etwas damit zu tun?«

»Halten Sie diesen Verdacht für so abwegig?«, fragte Roland direkt. »Wir haben beide gehört, wie Ihr Freund Paul Hoffmann mit dem Tod bedroht hat.«

»Das war doch nur ein dummer Spruch«, behauptete der rothaarige Student.

Antje meinte: »Mit solchen Äußerungen sollte man vorsichtig sein, sie können sich sehr schnell als Bumerang erweisen.«

»Felix könnte keiner Fliege etwas zuleide tun«, murmelte Boll.

Doch nach Antjes Meinung hörte er sich nicht sehr überzeugend an. Sie sagte: »Wir schauen uns kurz im Haus um. – Wer ist denn außer Ihnen noch anwesend?«

Entweder hatte Boll die Frage nicht verstanden oder er hielt es nicht für notwendig, sie zu beantworten. Die Polizisten schauten sich in allen Zimmern des Ferienhauses um, konnten aber Felix Rohde nirgendwo finden. Die übrigen Bewohner hockten zusammen in der Küche. Sie tranken Bier und schauten die Ermittler schweigend an. Antje hätte schwören können, dass Felix sie zum Schweigen verdonnert hatte.

»Wo können wir Felix Rohde finden?«, fragte sie. Keiner von den Studenten gab auch nur ein Wort von sich.

»Es gibt jetzt zwei Möglichkeiten«, erklärte sie. »Entweder hat Ihr Freund nichts mit dem gewaltsamen Tod von Paul Hoffmann zu tun …«

»Paul ist tot?!«, rief ein schlaksiger Dunkelhaariger namens Ben Wittich.

Die Polizistin nickte und fuhr fort: »In dem Fall nehmen wir einfach nur seine Aussage auf, und der Fall ist erledigt. Anders sieht es aus, wenn Felix wirklich etwas mit dem Mord zu schaffen hat. Dann können Sie alle sich auf eine Strafanzeige wegen Mitwisserschaft gefasst machen.«

Die Kommissarin konnte nicht einschätzen, ob die Staatsanwaltschaft wirklich eine solche Anklage erheben würde. Aber die Drohung wirkte.

»Felix ist abgehauen, er muss angeblich etwas Dringendes auf dem Festland erledigen!«, platzte Wittich heraus. Seine Freunde warfen ihm grimmige Blicke zu, aber jetzt war die Katze schon aus dem Sack.

»Hat er die Fähre genommen?«, bohrte Roland nach.

»Ja, aber Felix ist bestimmt unschuldig«, behauptete Boll.

Die Polizisten gingen nicht auf diese Bemerkung ein. Antje schaute auf die Uhr. Die Norddeich-Fähre war bereits ausgelaufen, aber an Bord eines Schiffs gab es keine Fluchtmöglichkeiten. Bevor die Kommissare sich weiter um Felix Rohde kümmerten, fragten sie dessen Freunde nach ihren Alibis. Die Studenten behaupteten, nach dem Platzverweis die ganze Zeit lang zusammen gewesen zu sein – mit Ausnahme von Felix.

»Er wollte allein sein, um sich zu beruhigen«, sagte Wittich.

»Wann und wie lange war er fort?«, wollte Roland wissen.

»Ungefähr zwischen 13 und 15 Uhr«, lautete die Antwort, »dann kehrte er zurück und sagte, dass er aufs Festland müsse und erst morgen wiederkehren würde.«

»Wie wirkte Felix auf Sie, als er zurückkehrte?«, forschte Antje. Sie konnte den Freunden des Verdächtigen keine Reaktion entlocken. Wahrscheinlich waren sie der Meinung, ihm schon genug Schwierigkeiten bereitet zu haben. Die Kommissarin legte eine ihrer Visitenkarten auf den Küchentisch und sagte: »Das wäre für den Moment alles. Bitte halten Sie sich weiterhin zu unserer Verfügung.«

Erneut gab keiner der Anwesenden ein Wort von sich. Die Beamten verließen das Ferienhaus. Als sie draußen waren, rief die Polizistin sofort das Kommissariat in Norden an. Sie schilderte die Lage und gab eine Beschreibung von Felix Rohde durch. Dann bat sie die Kollegen, den Studenten beim Einlaufen der Fähre festzusetzen und am nächsten Morgen nach Juist zurückzuschicken.

»Es besteht Mordverdacht, insofern ist die Übernachtung in einer Arrestzelle gerechtfertigt«, sagte sie abschließend. Der Polizeikollege versprach, alles Notwendige in die Wege zu leiten.

Kapitel 6

In der Pension Tigges glänzte Anna Hoffmann durch Abwesenheit. Antje kannte die Wirtin Katrin Tigges seit zwei Jahren. Sie hatte das alte Friesenhaus von einer kleinen Erbschaft gekauft und dann mit viel Liebe zum Detail in ein schmuckes Feriendomizil mit nur sechs Zimmern verwandelt. Die Polizistin wusste, dass die Gäste in der Pension Tigges besonders die familiäre Atmosphäre und die herzliche Art der Inhaberin schätzten. Auch Antje und Roland waren mit der fülligen Mittfünfzigerin per Du. Als die Ermittler das Gebäude an der Herrenstrandstraße betraten, wehte ihnen der Duft von frisch gebackenen Plätzchen entgegen. Katrin Tigges gehörte zu den Frauen, die auch bei hochsommerlichen Temperaturen gern in der Küche standen und buken. Sie überlegte kurz, nachdem Antje sich nach Anna Hoffmann erkundigt hatte, und sagte dann: »Ich kann eigentlich nichts Schlechtes über die Kleine sagen, Antje. Trotzdem ist mir Anna Hoffmann irgendwie unheimlich.«

»Wie meinst du das?«, hakte die Kommissarin nach.

Die Pensionswirtin hob die Schultern: »Ach, das ist eigentlich nur so ein unbehagliches Gefühl. Anna Hoffmann frühstückt nicht wirklich, sie bekommt morgens angeblich nur einen Becher Kaffee herunter.«

»Das macht sie noch nicht verdächtig.«

»Natürlich nicht, Roland. Aber sie benimmt sich … merkwürdig. Wenn ich an ihrem Zimmer vorbeigehe, höre ich sie in einer seltsamen Sprache laut reden.«

»Vielleicht hat sie einfach nur telefoniert«, schlug Antje vor.

Katrin Tigges schüttelte den Kopf: »Mir gegenüber behauptete sie, kein Smartphone und auch kein Handy zu besitzen. Die Strahlung dieser Geräte wäre schlecht für ihre Gesundheit.«

»Das ist ja nicht ganz abwegig«, sagte der Kommissar, »aber wenn die Frau laut mit sich selbst spricht, dann deutet dies eher auf psychische Probleme hin. Konntest du die Sprache zuordnen, die sie benutzt hat?«

»Ich habe nicht gelauscht«, beteuerte die Pensionswirtin, »aber Englisch, Französisch oder Niederländisch war es nicht. Es klang eher nach Beschwörungsformeln wie in einem Gruselfilm.«

»Hast du denn eine Idee, wo wir Anna Hoffmann finden können?«, wollte die Ermittlerin wissen. »Gibt es vielleicht einen bestimmten Ort, nach dem sie sich bei dir erkundigt hat?«

Katrin Tigges antwortete: »Ja, warum ist mir das nicht sofort eingefallen? Sie ließ sich von mir den Weg zur Windharfe beschreiben.«

Die Kommissarin nickte. Die Windharfe war eine große Skulptur aus Holz, die von der auf Juist meist vorhandenen steifen Brise gespielt wurde. Je nach Windrichtung drehte sie sich um die eigene Achse, und die in dem Holzkörper gespannten Saiten aus Metall gaben mystisch klingende Melodien von sich, die inmitten des weitläufigen Naturschutzgebietes eine einzigartige Atmosphäre schufen. Antje konnte sich an kaum eine Gelegenheit erinnern, als die Windharfe still gewesen war. Die Polizisten bedankten sich bei der Pensionswirtin für die Auskunft und baten sie um einen Anruf, falls Anna Hoffmann in der Zwischenzeit wieder zurückkehren sollte. Dann lenkten sie ihre Räder in Richtung Dünen, um wenig später in die Karl-Wagner-Straße abzubiegen. Bald hatten sie den bewohnten Teil der Insel verlassen und fuhren nun auf das Wasserwerk zu. Antje und Roland ließen dort ihre Fahrräder zurück. Es gab keinen Hinweis darauf, dass Anna Hoffmann ebenfalls mit einem Rad unterwegs war. Falls sie es sich einfallen ließ, querfeldein zu flüchten, konnten die Kommissare die Verfolgung besser zu Fuß aufnehmen. Doch momentan deutete nichts darauf hin, dass die junge Frau abhauen wollte. Sie kauerte vor der Skulptur auf dem Boden, hatte die Arme weit ausgestreckt, als ob sie die ganze Welt umarmen wollte. Die Augen waren geschlossen, der Kopf in den Nacken gelegt. Falls sie bemerkte, dass die Polizisten näherkamen, dann ließ sie es sich jedenfalls nicht anmerken. Die Person war mit einer zerschlissenen Jeans und einem weiten grünen Batik-Shirt bekleidet. Schuhe trug sie nicht, was an einem warmen Sommertag auf Juist allerdings nicht ungewöhnlich war. Auch Antje selbst ging außer Dienst gern barfuß.

»Frau Hoffmann?«, fragte die Polizistin.

Die kniende Frau zuckte zusammen. Antje betrachtete nun ihr Gesicht im Profil. Die Familienähnlichkeit mit Paul war unverkennbar. Es kam keine Antwort. Als die Kommissarin schon ihre Worte wiederholen wollte, öffnete die Unbekannte doch den Mund: »Sie stören die himmlischen Harfen, merken Sie das nicht?«

»Sie können den himmlischen Harfen gern später weiter lauschen – aber falls Sie Anna Hoffmann sind, müssen wir mit Ihnen über Ihren Bruder sprechen«, sagte Roland freundlich, aber bestimmt. Die Frau öffnete nun die Augen und drehte ihren Kopf in Richtung der Polizisten. Sie sagte: »Ja, ich bin Anna Hoffmann. – Und mit Paul habe ich nichts mehr zu schaffen. Er ist tot!«

Darauf sagten die Polizisten zunächst nichts, sondern schauten einander kurz in die Augen. Antje ahnte, was Roland jetzt durch den Kopf ging. Er vermutete, gleich ein Mordgeständnis zu bekommen. Ihre eigenen Überlegungen gingen in dieselbe Richtung. Die Kommissarin wollte sich vergewissern: »Seit wann wissen Sie das?«

Anna Hoffmann blinzelte, die Frage schien sie zu verwirren: »Ich kann Ihnen keine genaue Antwort geben. Schon als Kind habe ich gemerkt, wie sehr ich mich von meinem

Bruder unterscheide. Paul und ich waren wie Hund und Katze, falls Sie diese alte Redensart kennen. Eigentlich sollten Geschwister doch füreinander einstehen, oder? Aber mein Bruder behandelte mich stets wie den letzten Dreck. Und er war dabei sehr raffiniert. Gegenüber unseren Eltern spielte er den Musterknaben. Und hinter ihrem Rücken machte er mich fertig – und zwar so, dass ihm nichts nachzuweisen war. So mussten Mama und Papa glauben, dass ich einen Knacks hier oben habe.«

Sie unterstrich ihre Worte, indem sie sich mit dem Zeigefinger gegen die Stirn tippte. So, wie Anna Hoffmann Pauls Verhalten beschrieb, passte es zu dem Bild, das die Kommissarin von dem Mordopfer hatte. Natürlich durfte die Ermittlerin nicht kritiklos alles glauben, was Anna Hoffmann behauptete. Vielleicht litt diese Frau ja wirklich unter einer psychischen Störung.

Antje fragte: »Und wann erfuhren Sie nun vom Tod Ihres Bruders?«

»Das war vor ungefähr zehn Jahren.«

»Erklären Sie bitte, wie Sie das meinen«, sagte Roland. Die Polizistin konnte seinem Tonfall anhören, dass er Anna Hoffmann für gestört hielt – was Antje nachvollziehen konnte. Als die Kommissare Paul Hoffmann kennenlernten, war er jedenfalls quicklebendig gewesen.

Anna Hoffmann sagte: »Damals war ich fünfzehn und kam erstmals mit den Schriften der Penter in Berührung.«

»Was muss ich mir darunter vorstellen?«, hakte die Kommissarin nach.

»Die Penter sind ein Kreis weiser Menschen, die sich mit kosmischen Verbindungen auskennen. Und ich erkannte, wie ich mich von dem negativen Einfluss meines Bruders lösen konnte. Ich erklärte ihn innerlich einfach für tot. Leichen können bekanntlich keinen Schaden anrichten, außer in Vampirfilmen. Und an solch einen Unsinn glaube ich nicht.«

Aber an kosmische Verbindungen umso mehr, dachte Antje. Sie fragte: »Also betrachten Sie Paul seit zehn Jahren als einen Toten?«

»Ja, und seitdem geht es mir besser. Es ist mir gleichgültig, was er sich für neue Gemeinheiten ausdenkt. Im Grunde tut er mir leid, weil er jetzt im Reich der Unterwelt verharren muss.«

Roland wurde es offenbar zu bunt. Gereizt stieß er hervor: »Wir müssen Ihnen mitteilen, dass Ihre Fantasie Wirklichkeit geworden ist. Ihr Bruder wurde heute hier auf Juist umgebracht. Und wir möchten von Ihnen erfahren, wo Sie zwischen ein und drei Uhr nachmittags gewesen sind.«

Anna Hoffmann riss ihre Augen auf. »Deshalb sprechen Sie also mit mir!«, rief sie. »Ich dachte schon, Paul hätte Sie mit einer Lügengeschichte gegen mich aufgehetzt. So etwas machte er ständig, aber ich habe ihm vergeben.«

»Sie wussten, dass Ihr Bruder sich ebenfalls auf der Insel befindet?«, fragte Roland.

Anna Hoffmann schüttelte den Kopf: »Nein, aber ich habe es gespürt. Und dieses Gefühl hatte ich schon, bevor mich mein Weg nach Juist führte.«

»Jetzt wissen wir immer noch nicht, was Sie während der vergangenen Stunden gemacht haben«, stellte die Polizistin fest.

»Ich habe die wunderbare Natur von Juist erkundet und mich auf die Sphärenklänge dieser Harfe eingelassen«, schwärmte die junge Frau.

»Gibt es dafür Zeugen?«, wollte Antje wissen.

»Nein.«

»Ihr Bruder wurde beim *Dree Water Utkiek* getötet«, erklärte die Kommissarin. Sie beobachtete die Verdächtige genau.

»Ich weiß nicht, wo das ist«, behauptete Anna Hoffmann, »und Pauls Tod bedaure ich. Aber für mich lebt er schon seit zehn Jahren nicht mehr.«

»Das erwähnten Sie bereits«, gab Roland ungeduldig zurück. »Bitte stehen Sie auf, damit wir Ihre Personalien überprüfen können. Meine Kollegin wird Sie nach Waffen und gefährlichen Gegenständen durchsuchen.«

Anna Hoffmann erhob sich vom Boden. Dabei fiel der Kommissarin auf, dass die Muskeln an ihrem linken Arm stark unterentwickelt waren. Sie hatte es zunächst nicht bemerkt, weil sie die junge Frau von der anderen Seite betrachtet hatte. Der Verdächtigen entging ihr Blick nicht: »Mein Arm wurde bei der Geburt verletzt, ich kann ihn kaum benutzen. Daran bin ich gewöhnt, ich kenne es nicht anders. Alles, was ich tun muss, mache ich mit der rechten Hand.«

Sie fischte einen Personalausweis aus ihrer Jeans und reichte ihn dem Polizisten. Antje tastete Anna Hoffmann ab, fand aber weder ein Messer noch ein anderes scharfkantiges Utensil. Roland trat beiseite, um eine POLAS-Abfrage vorzunehmen. Die Verdächtige schaute die Polizistin prüfend an und sagte: »Sie beide sind gesegnet.«

»Wie meinen Sie das?«, fragte Antje.

»Die Liebe zwischen Ihnen ist von kosmischer Dimension«, behauptete die junge Frau.

Die Kommissarin erwiderte: »Wie Sie meinen. – Was machen Sie eigentlich beruflich, Frau Hoffmann?«

»Ich habe meine Bestimmung noch nicht gefunden. Mein Vater lässt mir jeden Monat einen kleinen Betrag zukommen, ich benötige nicht viel zum Leben.«

Antje verkniff sich einen Kommentar. So, wie sie Anna Hoffmann kennengelernt hatte, fiel ihr auf Anhieb auch keine Profession ein, in der sie sich die junge Frau vorstellen könnte – außer vielleicht als Wahrsagerin oder Gesundbeterin. Fest stand, dass sie kein Alibi für die vermutete Tatzeit hatte. Andererseits war die Schwester des Opfers nur wegen ihres außergewöhnlichen Wesens nicht verdächtig genug, um eine Verhaftung zu rechtfertigen. Doch warum traute ihr eigener Vater Anna Hoffmann eine solche Tat zu? Natürlich hätte die Polizistin diese Frage der Verdächtigen selbst stellen können. Doch sie beschloss, lieber erst noch mehr Informationen über sie zu sammeln – nicht nur von Dr. Hoffmann, sondern auch aus anderen Quellen. Auch bei dem Vater konnte man nicht davon ausgehen, dass er einen objektiven Blick auf die Geschwister hatte. Aber an einem Punkt wollte die Kommissarin nachhaken: »Sie sagten, dass Sie die Anwesenheit Ihres Bruders spürten. Sind Sie trotzdem nach Juist gekommen – oder gerade deshalb, weil Sie ihn nämlich treffen wollten?«

Anna Hoffmann legte ihre rechte Hand auf ihren Bauch und antwortete: »Hier treffe ich meine Entscheidungen, nicht mit dem Kopf. Das sogenannte Bauchgefühl weist uns stets den richtigen Weg, wenn wir auf unsere inneren Stimmen hören. – Wie schon erwähnt – Paul hat keinen Platz mehr in meinem Leben. Daher spielte es für mich keine Rolle, ob er sich zufällig ebenfalls auf Juist befand oder nicht.«

»Das wäre für den Moment alles«, sagte Antje. »Bitte halten Sie sich zu unserer Verfügung.«

»Ich laufe nicht weg, dafür ist es viel zu schön hier«, versicherte die junge Frau und ließ sich wieder im Schneidersitz neben der Windharfe nieder. Roland hatte inzwischen die POLAS-Abfrage erledigt.

»Die Frau lebt eindeutig in ihrer eigenen Welt«, meinte der Kommissar, als die beiden außer Hörweite waren, »aber polizeilich ist sie bisher erst mit einer einzigen Anzeige wegen Erregung öffentlichen Ärgernisses in Erscheinung getreten. Entweder hat sie darüber hinaus keine Straftaten begangen oder sich nicht mehr erwischen lassen.«

»Ich kann mir trotz des schlechten Verhältnisses von Bruder und Schwester zueinander Anna Hoffmann nur schlecht als eiskalte Mörderin vorstellen«, gestand Antje.

Roland erwiderte: »Das geht mir ähnlich, aber vielleicht haben diese Penter sie irregemacht – wer immer sich hinter der Gruppe verbergen mag. Ich habe jedenfalls noch nichts von denen gehört, aber an Sekten herrscht ja in unserem Land kein Mangel. Im ersten Moment hielt ich es für möglich, dass Anna unter Drogen stehen würde. Aber ihre Pupillen sahen normal aus.«

»Bei manchen von diesen modernen chemischen Rauschmitteln merkt man den Konsumenten körperlich nicht unbedingt an, dass sie high sind«, erinnerte die Polizistin. »Wobei ich dir zustimmen würde – sie hat sich von der normalen Realität entfernt. Die spannende Frage lautet, warum ihr Vater sie für eine Mörderin hält. Vielleicht hat sich im Familienkreis etwas ereignet, das nie in den Polizeiakten gelandet ist.«

Der Kommissar stimmte zu: »Das wäre sehr gut möglich. Ich kann mir vorstellen, dass Dr. Hoffmann sehr auf seinen guten Ruf bedacht ist. Kriminelle Kinder eines renommierten Strafverteidigers passen da nicht ins Bild. Und es ist nur schwer vorstellbar, dass diese Frau rein zufällig zeitgleich mit ihrem ungeliebten Bruder auf Juist weilt.«

»Ich möchte etwas ausprobieren«, sagte Antje. Roland warf ihr einen neugierigen Blick zu, fragte aber nicht nach. Die beiden fuhren zum Strand zurück, doch die Boote waren fort.

»Also ist Reinert inzwischen wieder halbwegs nüchtern und einsatzfähig«, vermutete die Kommissarin. Sie und ihr Kollege begaben sich nun zu der kleinen Bootswerft, wo die Ruderkähne jetzt kieloben lagen und von Reinert Hayenga überprüft wurden. Der Helfer des alten Holm sah verkatert aus, lächelte den Polizisten aber freundlich zu. Er war ein Kraftpaket mit einem eher schlichten Gemüt. Früher hatte er selbst davon geträumt, zur Polizei zu gehen. Doch seine schulischen Leistungen machten dies unmöglich. Hinzu kamen die gelegentlichen Ausbrüche von Jähzorn, von denen Antje wusste und die spätestens bei der psychologischen Begutachtung aufgefallen wären. Inzwischen arbeitete Reinert schon länger in der Bootswerft und war dort sehr zufrieden, soweit Antje dies beurteilen konnte.

»Moin, Reinert«, sagte die Polizistin, »ich möchte mir für ein paar Minuten einen Bootshaken ausleihen.«

»Klar, der Chef hat bestimmt nichts dagegen.«

Mit diesen Worten gab der Helfer ihr eines der Werkzeuge.

»Wo ist Knut Holm eigentlich?«, fragte sie.

»Er wollte kurz einkaufen fahren, bevor die Läden zumachen«, erwiderte Reinert.

Nun wandte sich Roland an seine Kollegin: »Was hast du vor?«

»Ich möchte etwas ausprobieren«, erklärte sie halblaut. Sie hatte sich ein Stück weit von dem Helfer wegbewegt, damit Reinert Hayenga nicht mitbekam, worüber sie mit ihrem Kollegen sprach. Antje fuhr fort: »Ich bin ungefähr so groß wie Anna Hoffmann. Natürlich kann ich nicht beurteilen, wie es um ihre Kraft steht. Aber ihren linken Arm kann sie so gut wie nicht gebrauchen, dies erscheint mir plausibel. Also hätte sie den Bootshaken mit nur einer Hand führen müssen.«

Die Polizistin packte den hölzernen Schaft, der erheblich mehr wog als die metallene Spitze allein. Sie stellte sich die Situation vor: Der Angreifer oder die Angreiferin hätte sich von hinten dem Opfer nähern müssen, um dann überraschend den Haken in die Kehle des Opfers zu bohren. Zumindest sah die Wunde nicht danach aus, als ob der

Mörder mehrere Anläufe benötigt hätte. Die Kommissarin war nicht schwach, aber trotzdem konnte sie den Werkzeugschaft nur mit Mühe heben. Und die Spitze zitterte. Wenn sie versucht hätte, eine Person ernsthaft zu verletzen, wären gewiss mehrere Anläufe nötig gewesen. Paul Hoffmann war hingegen offenbar nur mit einer einzigen Bewegung getötet worden, darauf wies die sauber ausgeführte Verletzung hin.

»Es kommt dir unwahrscheinlich vor, dass die Schwester ihn umgebracht hat?«, raunte der Kommissar seiner Kollegin zu.

Sie nickte. Aus dem Augenwinkel heraus hatte sie bemerkt, dass Reinert Hayenga ihr Hantieren mit dem Bootshaken genau beobachtete. Und während er das tat, erschien auf seinen schmalen Lippen ein böses Lächeln.

Kapitel 7

Antje gab ihm den Bootshaken zurück und versuchte, sich ihren aufkommenden Verdacht nicht anmerken zu lassen: »Danke, Reinert. – Wie ich höre, hast du gestern ein wenig getrunken?«

»Ja, ich hatte großen Durst!«, sagte er strahlend.

»Wo bist du denn gewesen?«, fragte sie so beiläufig wie möglich.

Er warf ihr einen verständnislosen Blick zu und murmelte nach einer kurzen Pause: »Daheim natürlich! Es ist viel zu teuer, in die Kneipe zu gehen. Ich hatte noch einen halben Kasten Bier und eine Flasche Köm.«

Die Kommissarin wusste, dass der Helfer in einer schlichten Personalunterkunft an der Wilhelmstraße hauste.

»Wann bist du denn heute aufgestanden, Reinert?«

Er antwortete: »Weiß nicht … so gegen eins.«

»Aber dann bist du nicht gleich zur Arbeit gegangen, oder?«

»Nee, Antje. Da war ich noch nicht ganz klar im Kopf. Ich musste erst mal einen starken Tee trinken, bevor ich hierher kam. Der Chef sagte, ich soll die Boote am Strand abholen. Das habe ich gemacht. In das eine hab ich mich reingesetzt, das andere hab ich in Schlepptau genommen.«

»Da hat aber ein Bootshaken gefehlt«, stellte Roland fest.

Hayenga erwiderte: »Den wird wohl jemand für etwas anderes gebraucht haben.«

Antje schaute ihm forschend ins Gesicht. Der Helfer war in ihren Augen kein raffinierter Lügner. Falls er wirklich etwas mit Paul Hoffmanns Tod zu tun hatte, würde sie ihm gewiss im Handumdrehen ein Geständnis entlocken können. Das Problem war nur: Auch, wenn Hayenga nicht der Mörder war, könnte er sich wegen seiner Unbedarftheit in Teufels Küche bringen. Und wenn so ein Verdacht erst einmal im Raum stand, war er nur schwer wieder aus der Welt zu schaffen. Momentan sah es nicht danach aus, als ob er für die mögliche Tatzeit ein Alibi hatte. Die Kommissarin beschloss, zunächst das Obduktionsergebnis abzuwarten, um den Zeitraum besser eingrenzen zu können. Ganz abgesehen davon, dass es noch weitere Personen gab, die Paul Hoffmann Übles wollten. Bevor sie diesen Gedanken weiterführen konnte, erblickte sie ein altes Hollandrad, in dessen Sattel Hayengas Chef saß. Holm kehrte mit seinen Besorgungen zur Bootswerft zurück.

»Moin, gibt es schon etwas Neues?«, wollte er wissen. »Ich habe gerade die Bürgermeisterin getroffen. Sie ist völlig aufgelöst, weil mitten am Tag ein Mord stattgefunden hat.«

Antje unterdrückte ein Seufzen. Es war nur eine Frage der Zeit gewesen, bis Silke Meester Wind von Paul Hoffmanns Tod bekam. Nun stand zu befürchten, dass die Amtsträgerin bei den Ermittlungen wieder einmal dazwischenfunken würde. Die Kommissarin beschloss, ihr den Wind aus den Segeln zu nehmen.

»Es sieht ganz danach aus, dass einer von deinen Bootshaken als Mordwaffe benutzt wurde, Knut«, antwortete sie auf die Frage des Alten. »Mehr können wir zum jetzigen Zeitpunkt noch nicht sagen. Wir gehen unterschiedlichen Hinweisen nach, ich muss dich um Geduld bitten.«

»Ich verstehe«, murmelte Holm. Es entging Antje nicht, dass er einen misstrauischen Blick in Richtung seines Mitarbeiters richtete. Sie tat, als ob sie es nicht bemerken würde. Die Polizisten verabschiedeten sich und kehrten zur Wache zurück.

»Ob Reinert Paul während eines Wutanfalls getötet hat?«, dachte Roland laut nach. »Diese Möglichkeit ist dir gewiss auch schon in den Sinn gekommen, Antje.«

»Ja, wenn Reinert rotsieht, dann würde ich ihm einiges zutrauen. Aber vorausschauendes Handeln ist nicht gerade seine Stärke. Und darum halte ich ihn eher für unschuldig.«

Der Kommissar bat: »Das musst du mir näher erklären.«

»Versetzen wir uns in Reinerts Lage«, begann sie. »Er wacht verkatert auf, hat vielleicht schlechte Laune. Da sieht er Paul und Ella – das studentische Traumpaar. Reinert erinnert sich wieder an seine Wut vom Vortag. Er will dem Schnösel eine Lektion erteilen. Also folgt er den beiden. Aber woher konnte er wissen, dass sie sich streiten würden und Ella abhaut?«

»Das wusste der Täter natürlich nicht, er hat einfach die Gelegenheit ausgenutzt«, meinte Roland.

Antje schüttelte den Kopf: »Du vergisst dabei ein entscheidendes Detail – den Bootshaken! Hatte Reinert das Werkzeug schon dabei? Wenn ja, dann hätte er zunächst zum Strand laufen, den Haken holen und dann hinter dem Pärchen herrennen müssen. Ehrlich, *so* klein ist unsere Insel nicht. Wie konnte Reinert Paul wiederfinden, der inzwischen allein war – was der Tatverdächtige aber ebenfalls nicht wissen konnte! Nee, das sind mir zu viele Ungereimtheiten. Wer immer Paul umgebracht hat, führte die Mordwaffe bereits mit sich. Und ich glaube nicht an ein Zufallsopfer. Der Student musste sterben, weil jemand einen starken Groll gegen ihn hegte.«

»Dieses Argument spricht entweder für die Schwester oder für seinen Erzrivalen Felix«, sagte der Polizist. »Wobei ich dir durchaus zustimmen würde, dass Anna mit nur einem Arm den Bootshaken nicht sicher führen konnte.«

»Ja, aber die Frau spielt nicht mit offenen Karten. – Lass uns mal schauen, ob wir Informationen über diese Penter finden können«, schlug Antje vor.

Nachdem die Ermittler die Polizeistation betreten hatten, stellte die Kommissarin ihren PC an. Es gab einige Seiten im Internet, die sich mit der Glaubensgemeinschaft der Penter befassten.

»Es handelt sich um eine Gruppe, die vom Sektenbeauftragten als bizarr, aber harmlos eingestuft wird«, murmelte die Polizistin, während sie einige Texte überflog. »Es gibt also keinen Verdacht auf Missbrauch, Ausbeutung von Mitgliedern oder Ähnliches. Oberhaupt ist offenbar ein inzwischen verstorbener Guru namens Berthold Pent, der sich für einen Empfänger kosmischer Botschaften hielt. Er entwickelte auch eine Geheimsprache, die von den Pentern für ihre Anrufungen und Gebete benutzt wird.«

»Das könnten die rätselhaften Worte sein, von denen uns die Pensionswirtin erzählt hat«, schlug Roland vor, der neben seiner Kollegin stand und ihr über die Schulter blickte.

Sie warf ihm lächelnd einen Seitenblick zu und sagte: »Suchst du wieder meine Nähe? Anna hat behauptet, unsere Liebe sei von kosmischer Dimension.«

»In dem Punkt muss ich ihr wohl recht geben«, erwiderte der Kommissar augenzwinkernd, »und wenn man diesen Beschreibungen im Internet glaubt, dann scheinen diese Penter keine gefährlichen Menschen zu sein.«

Bevor Antje etwas entgegnen konnte, klopfte es an der Außentür. Gleich darauf betrat Silke Meester die Polizeiwache. Die blonde Bürgermeisterin war sehr schlank und braungebrannt. Sie trug stets Kostüme mit knielangen Röcken und gestärkten Blusen, wodurch sie damenhaft wirkte. Auch an diesem warmen Sommertag hatte sie sich für eine dunkelblaue Kombination aus Baumwollstoff entschieden, darunter hatte sie eine weiße Seidenbluse an. Lediglich der Verzicht auf eine Strumpfhose war ein Zugeständnis an die Jahreszeit, wie die Kommissarin vermutete. Sie sagte: »Moin, Silke. Du bist vermutlich wegen unserer aktuellen Ermittlungen hier?«

Die Bürgermeisterin nickte eifrig: »Ja, die ganze Insel ist deshalb in Aufruhr.«

Daran hatte die Polizistin ihre Zweifel. Meist war es Silke Meester selbst, die mit ihrer hektischen und überbesorgten Art die Pferde scheu machte. Viele Urlauber hatten vermutlich noch gar nicht mitbekommen, dass auf dem »Töwerland« ein Gewaltverbrechen geschehen war. Antje gab der Bürgermeisterin einen Überblick zum Tatgeschehen und sagte: »Wir könnten deine Hilfe brauchen. Momentan fehlen uns Augenzeugen. Irgendjemand muss bemerkt haben, dass der Bootshaken aus einem der Ruderboote am Strand entfernt wurde. Wenn wir wüssten, wer das Werkzeug genommen hat, würde uns das einen großen Schritt weiterbringen. Natürlich können auch Roland und ich uns danach erkundigen, aber wenn wir in Uniform auftauchen, sind die Zeugen zurückhaltender. Niemand hat Lust, während seines Urlaubs auf einer Wache zu sitzen und eine Aussage zu machen.«

Roland ergänzte: »Du musst den Leuten nicht unter die Nase reiben, dass der Bootshaken zum Mordinstrument umfunktioniert wurde. Sag einfach, dass er vermisst wird. Ein Bootshaken ist ja nicht zu übersehen, den kann man nicht in einer Strandtasche verstecken.«

»Ja, das will ich gern tun!«, sagte die Amtsträgerin. »Ich könnte auch ein Foto von einem Bootshaken herumzeigen, weil Feriengäste aus dem Binnenland nicht unbedingt wissen, wie so ein Gegenstand aussieht. – Und was soll ich tun, wenn sich jemand tatsächlich erinnert?«

Die Kommissarin sagte: »Wir benötigen eine Beschreibung der Person, die den Bootshaken an sich genommen hat.« Sie machte eine kurze Pause und fügte hinzu: »Unter uns gesagt gibt es bereits einige Verdächtige. Es wäre gut, wenn wir in Erfahrung bringen könnten, wer im Besitz des Werkzeugs war.«

Die Bürgermeisterin nickte eifrig. Antjes Vater bezeichnete sie oft als »seine emsige Biene«, was nach Meinung der Polizistin eine sehr freundliche Umschreibung für Silke Meesters permanente Hektik war.

»Ich werde sofort damit beginnen, mich umzuhören«, kündigte die Amtsträgerin an. »Und ich werde ein Foto eines Bootshakens aus dem Internet herunterladen, damit auch jeder Tourist versteht, was ich meine.«

»Tjark würde sagen: Landratten können so etwas nicht wissen«, warf Roland ein.

Silke Meester schaute ihn an. Sie schien zu überlegen, ob er sie auf den Arm nehmen wollte oder nicht. Dann erwiderte sie: »Wie auch immer – ich mache mich an die Arbeit und rufe an, sobald ich etwas herausfinde.«

Mit diesen Worten verließ die Bürgermeisterin tatendurstig die Polizeiwache.

»Hältst du es wirklich für klug, Silke zum *Hilfssheriff* zu ernennen?«, gab der Kommissar zu bedenken.

Seine Kollegin hob die Schultern und erwiderte: »Ich habe sozusagen die Flucht nach vorn angetreten. Jetzt hat sie eine Aufgabe, an der sie sich abarbeiten kann. Schlimmstenfalls geht die Bürgermeisterin den Feriengästen einfach nur auf die Nerven und findet nichts heraus. Aber dann ist sie wenigstens beschäftigt und schaut uns nicht dauernd auf die Finger. Und mit etwas Glück kann sie wirklich einen Zeugen auftreiben. Der Bootshaken muss bei Tageslicht entwendet worden sein, eine andere Möglichkeit gibt es nicht. Irgendjemand *wird* den Täter dabei beobachtet haben.«

»Ja, wir sollten alle Chancen nutzen, Antje. An Verdächtigen mit einem überzeugenden Motiv herrscht diesmal jedenfalls kein Mangel. Ich bin gespannt, was wir morgen von Felix Rohde zu hören bekommen. – Wie sieht es aus, gehen wir noch auf ein Bier zu deinem Papa?«

Die Polizistin schaute auf die Uhr, dann schüttelte sie den Kopf: »Es ist ja wirklich längst Feierabend. – Nee, heute muss ich dir einen Korb geben, Roland. Mir platzt gleich der Schädel, ich sollte heute früh schlafen gehen. Morgen haben wir jede Menge Ermittlungsarbeit vor uns.«

Antje fühlte sich wirklich nicht besonders gut. *Hoffentlich ist keine Sommergrippe im Anmarsch*, dachte sie. Was die Kommissarin momentan absolut nicht brauchen konnte, war eine Krankheit. Zum Glück erfreute sie sich einer eisernen Gesundheit, was zweifellos auf die vielen Stunden an der gesunden Juister Seeluft zurückzuführen war. Aber an diesem Abend war sie wirklich schlapp und angeschlagen.

»Alles klar, dann verschwinde ich jetzt. Ruh dich aus, sonst muss ich mir noch Sorgen machen.«

Mit diesen Worten verabschiedete Roland sich, nachdem er Antje einen Kuss gegeben hatte. Sie machte sich einen Tee, belegte ein Bauernbrot mit Mettwurst und ging nach ihrem kleinen Abendessen früh ins Bett.

Kapitel 8

Antje schlug kurz nach Mitternacht die Augen auf und fühlte sich hellwach. Die Kopfschmerzen hatten sich ebenso schnell verflüchtigt, wie sie gekommen waren. Diesen Gedanken fand sie nur wenig tröstlich, denn das erneute Einschlafen wollte ihr nicht gelingen. Die Kommissarin überlegte immer wieder, wie sich die letzten Minuten in Paul Hoffmanns Leben abgespielt haben mussten. War Ella Dorn bei der Wahrheit geblieben? Wenn ja, dann hatte sie ihn mitten in der Dünenlandschaft stehen gelassen, um zum Ferienhaus zurückzukehren. Und dann? Woher hatte der Mörder wissen können, dass sein Opfer allein war? Nachdem Antje sich eine halbe Stunde lang von einer auf die andere Seite gewälzt hatte, gab sie auf. Die Polizistin zog einen Trainingsanzug an und beschloss, sich durch sportliche Betätigung müde zu strampeln. Sie verließ das Gebäude an der Carl-Stegmann-Straße, schwang sich auf ihr Rad und fuhr los. Mitten in der Nacht war Juist ganz besonders still und friedlich. Außer dem Rauschen der Brandung hörte man nur, wie die Metallkabel gegen die Fahnenmasten schlugen, weil sie von der steifen Brise hin und her bewegt wurden. Die Kommissarin fuhr bis zur Domäne Bill, machte kehrt und trat den Rückweg an. Sie kannte jeden Quadratmeter ihrer Heimatinsel wie ihre Westentasche. Und doch war die Atmosphäre bei Nacht komplett anders. Das fahle Mondlicht ließ die stillen Friesenhäuser fremd und geheimnisvoll erscheinen, wie Mauerteile einer Märchenburg. Antje ließ ihr Rad rollen und fand sich plötzlich in der Herrenstrandstraße wieder. Hatten ihre eigenen unbewussten Überlegungen sie hierher getrieben? Sie wusste es nicht. Fest stand nur, dass sie nun die Pension Tigges im Blickfeld hatte. Und in einem der Zimmer brannte noch Licht!

Natürlich war es auch möglich, dass nicht Anna Hoffmann, sondern ein anderer Gast die Nacht zum Tag machte. Antje wusste nicht genau, wo sich das Zimmer der Verdächtigen befand. Ob sie einen Blick durch das Fenster riskieren sollte? Bevor die Polizistin zu einer Entscheidung kam, hörte sie Geräusche in ihrer Nähe. Wohlweislich hatte sie die Lampe an ihrem Fahrrad ausgeschaltet. Sie beobachtete die Pension von der gegenüberliegenden Straßenseite aus, wobei sie sich hinter der Ecke eines Rotziegel-Friesenhauses versteckte. Da die nächste Laterne weiter entfernt war, konnte die Ermittlerin nicht entdeckt werden. Zumindest hoffte sie das. Nun erblickte sie eine schemenhafte Gestalt, die geduckt herangehuscht kam und vor der Pension Tigges verharrte. Dann bewegte der oder die Unbekannte den rechten Arm. Ein Prasseln ertönte. Antje musste unwillkürlich lächeln. Der nächtliche Besucher hatte Steinchen gegen die Scheibe des beleuchteten Fensters geworfen. Es gab offenbar Formen der Kommunikation, die seit Jahrhunderten Bestand hatten – allen modernen Erfindungen zum Trotz. Und es funktionierte offenbar. Die Lampe wurde ausgeknipst, und wenig später öffnete sich die Eingangstür der Pension. Dort gab es eine Laterne, die sich dank eines Bewegungsmelders automatisch einschaltete, wenn jemand das Gebäude betreten oder verlassen wollte. Daher konnte Antje die Person deutlich erkennen, die nun heraustrat. Es war Anna Hoffmann. Sie lächelte der Gestalt zu, die leider mit dem Rücken zu der Polizistin stand. Handelte es sich um eine Frau oder einen Mann? Auf die Entfernung und in der Dunkelheit ließ sich dies nicht mit Bestimmtheit sagen. Die Kommissarin beschloss, den beiden zu folgen. Sie bewegte sich nun ebenfalls zu Fuß fort, weil das klappernde Schutzblech ihres Fahrrads sie vielleicht verraten hätte. Sie wollte die Schrauben schon längst nachgezogen haben, aber war immer wieder darüber hinweggekommen. Natürlich musste

Antje einen weiten Abstand zu den beiden Personen wahren. Auf einer nächtlichen menschenleeren Straße würde sie unweigerlich entdeckt werden, wenn sie den Verdächtigen zu nahe kam. Sie hielt sich so dicht wie möglich an den Hauswänden. Falls sich Anna Hoffmann oder ihre Begleitung umdrehte, konnte Antje sich schnell hinter eine Mauer oder Hecke ducken. Hinzu kam, dass die Straßenbeleuchtung ohnehin sehr spärlich war. Doch dies erwies sich bei einer nächtlichen Beschattung als zweischneidiges Schwert. Die Polizistin musste die Personen im Auge behalten, obwohl sie in der Finsternis und auf die Distanz kaum zu erkennen waren. Es gelang Antje, ihnen in den Vogt-Meine-Pad zu folgen. Die zwei Gestalten gingen zielstrebig am Wasserturm vorbei und überquerten die Strandpromenade. Die Kommissarin presste die Lippen aufeinander. Wenn ihr Ziel der Strand war, dann wurde die Beschattung noch schwieriger. Das Mondlicht reichte keinesfalls aus, um auf dem breiten Sandband um diese Nachtzeit jemanden im Blickfeld behalten zu können. Und wenn Antje zu den beiden aufschloss, wurde sie selbst entdeckt – was es zu verhindern galt. Als sie auf einem der hölzernen Bohlenwege zwischen den Dünen zum Strand hinunterschlich, bestätigte sich ihre Befürchtung: Antje hatte die beiden aus den Augen verloren. Waren sie nach links oder nach rechts gegangen? Sie kniff die Augen zusammen und ließ ihren Blick schweifen. Es war sinnlos. Sie wollte schon umdrehen und zu ihrem Fahrrad zurückkehren, als sie einen seltsamen Gesang vernahm. Oder spielten ihre Sinne ihr einen Streich? Nein, die fremdartige Melodie war weiterhin zu hören. Die Kommissarin schlich in die Richtung, aus der die Töne kamen. Zu nah durfte sie nicht herankommen, wenn sie sich nicht selbst enttarnen wollte. Antje dachte an die fremdartige Sprache, die laut der Pensionswirtin in Anna Hoffmanns Zimmer erklungen war. Nun konnte die Polizistin dies selbst erleben. Sie verstand kein Wort von dem, was am menschenleeren Strand gesungen wurde. Fest stand nur eins: Anna Hoffmanns Partner bei diesem Duett war ein Mann.

*

Antje fand in dieser Nacht nicht mehr viel Schlaf. Trotzdem fühlte sie sich am nächsten Morgen frisch und ausgeruht – was vermutlich daran lag, dass die Ermittlungen ein Stück weit vorangekommen waren. Sie konnte es kaum erwarten, Roland von ihren Beobachtungen zu berichten. Der Polizist erschien pünktlich zum Dienstbeginn auf der Wache und warf seiner Kollegin einen prüfenden Blick zu: »Moin, geht es dir besser?«

»Allerdings! Du wirst kaum glauben, was ich herausgefunden habe!«, erwiderte sie und berichtete von ihrem nächtlichen Abenteuer.

»Das hätte auch schiefgehen können, wenn du ohne Waffe und Unterstützung gleich zwei Verdächtigen folgst«, gab Roland zu bedenken.

»Du selbst bist ja auch nicht gerade risikoscheu, Rollo. – Außerdem hatte ich gar nicht vor, jemanden zu observieren. Ich war einfach zur richtigen Zeit am richtigen Ort, das ist alles. – Immerhin wissen wir jetzt, dass Anna Hoffmann uns angelogen hat. Es gibt zumindest eine – männliche – Person auf der Insel, mit der sie sich prächtig versteht. Das liegt vermutlich daran, dass beide in derselben Sekte sind.«

Antje konnte es nicht ausstehen, wenn sie jemand nicht für voll nahm. Daher hatte sie ihren Freund soeben mit seinem ungeliebten Spitznamen *Rollo* angeredet – dies war für ihn ein Signal dafür, sie besser nicht weiter zu verärgern.

»Also könnte Anna Hoffmann einen Komplizen gehabt haben«, überlegte Roland laut, »wodurch ihre mögliche

Tatbeteiligung gleich in einem ganz anderen Licht erscheint. Ehrlich gesagt hielt ich sie bisher einfach nur für harmlos verpeilt. Und die Ermordung eines nahen Blutsverwandten ist ja ein ganz besonders schweres Kaliber, darüber sind wir uns gewiss einig. Aber wenn Anna den Mord gar nicht begangen hat, sondern jemanden dazu anstiftete …«

Antje fiel ihm ins Wort: »Oder der Sektierer wollte Anna durch die Bluttat seine Liebe beweisen. – Wir müssen im Hinterkopf behalten, dass sie von ihrem Bruder ständig schikaniert wurde. In diesem Punkt könnte sie die Wahrheit gesagt haben. Wenn ihr Penter-Freund von diesem Mobbing wusste, könnte er auf die Idee gekommen sein, dem Treiben ein für alle Mal ein Ende zu setzen. Vielleicht beobachtete er sogar aus sicherer Entfernung das Bootsrennen am Strand, wer weiß? Für ihn war das die einmalige Chance, Paul für immer loszuwerden. Nachdem sich die Studenten verzogen hatten, schnappte er sich einen Bootshaken und lauerte Paul auf. Nachdem Ella verschwunden war, musste Annas Verehrer nur noch die Tat ausführen und verschwinden, bevor ihn jemand entdeckte.«

Roland nickte und fragte: »Ja, so passt alles zusammen. – Aber wird Anna die Identität des Mannes preisgeben, wenn wir sie befragen? Solange wir nicht wissen, um wen es sich handelt, haben wir schlechte Karten. Sie muss einfach nur den Mund halten, damit wir weiter im Dunkeln tappen.«

Antje erwiderte: »Da muss ich dir recht geben. – Außerdem ist längst nicht gesagt, dass der Sektenfreund sich Anna gegenüber offenbart hat. Welche Frau verliebt sich schon in den Mörder ihres Bruders, selbst wenn dieser ein Miesling war? Er kann ihr verschweigen, dass er die Tat begangen hat, und ihr einfach seine männliche Schulter zum Anlehnen bieten.«

»Und zum gemeinsamen Singen zu Ehren ihrer Glaubensgemeinschaft«, meinte Roland augenzwinkernd.

Bevor die Kommissarin etwas erwidern konnte, klopfte es an der Tür der Polizeiwache. Sie ging hin und öffnete. Ein Herr in einem dunkelgrauen Geschäftsanzug stand vor ihr: »Guten Morgen, ich bin Dr. Rolf Hoffmann.«

Kapitel 9

Die Kommissarin schätzte den Strafverteidiger auf Ende fünfzig oder Anfang sechzig. Die Familienähnlichkeit zumindest mit seinem Sohn war nicht zu übersehen. Dr. Hoffmann wirkte wie eine ältere und grimmigere Version von Paul. Der Jurist trug einen Trauerflor im Knopfloch. Obwohl er erst am Vortag vom Mord an seinem Sohn erfahren hatte, war er nicht zu einem spontanen Flug nach Juist in der Lage gewesen, sondern hatte sich außerdem noch dieses Symbol für seinen tragischen Verlust beschafft. Antje gab ihm die Hand und sagte: »Moin, ich bin Kommissarin Fedder, das ist Kommissar Witte. – Wir möchten Ihnen unsere aufrichtige Anteilnahme aussprechen. Treten Sie doch bitte näher.«

Sie gab die Tür frei und deutete auf ihren Besucherstuhl. Der Rechtsanwalt nickte den Polizisten zu und nahm dort Platz. Er hatte eine Aktentasche dabei, die er auf seinen Knien platzierte.

»Möchten Sie einen Tee?«, fragte Antje. Sie hatte eine Kanne mit der starken Assam-Mischung gekocht, das tat sie jeden Morgen bei Dienstbeginn. Es gehörte zu ihren Ritualen, um den Arbeitstag zu beginnen.

Der Jurist warf einen Blick auf seine teure Herrenarmbanduhr und erwiderte: »Normalerweise bevorzuge ich Kaffee, aber hierzulande pflegen Sie ja diese Tradition des Teetrinkens, nicht wahr? – Ja, ich nehme gern eine Tasse, denn ich bin schon lange unterwegs und konnte noch nicht frühstücken. Zum Glück ist es mir gelungen, in Norddeich eine Chartermaschine zu bekommen.«

»Sind Sie gerade eben erst auf Juist eingetroffen?«

»Das ist korrekt, Herr Witte. – Ein Kutscher war so freundlich, mich in seinem Pferdefuhrwerk hierher zu fahren. Ein originelles Transportmittel, das muss ich schon sagen … auf dieser Insel scheint die Zeit wirklich stehengeblieben zu sein. – Ich wäre dankbar, wenn wir nun zur Sache kommen könnten.«

Die Kommissarin goss für Dr. Hoffmann Tee in eine Tasse und stellte ihm ein Tellerchen mit selbstgebackenen Anisplätzchen hin. Seine Selbstbeherrschung betrachtete sie mit gemischten Gefühlen. Natürlich war Antje bewusst, dass jeder Mensch anders trauert. War das Verhältnis zwischen Vater und Sohn vielleicht gar nicht so eng gewesen? Sie beschloss, mehr über die Familienverhältnisse herauszufinden. Die Kommissarin sagte: »Am Telefon verdächtigten Sie Ihre Tochter, an der Ermordung Ihres Sohns beteiligt zu sein. Uns interessiert natürlich, wie Sie zu dieser Einschätzung kommen.«

»Das verstehe ich, Frau Fedder. Und ich kann mir vorstellen, dass es irritierend für Sie sein muss, wenn ein Vater solche Vermutungen über sein eigen Fleisch und Blut äußert. Aber ich bin kein Mann, der die Augen vor der Wirklichkeit verschließt. – Anna war immer schon ein zartes und verträumtes Kind. Vielleicht haben meine Frau und ich ihr zu viele Spinnereien einfach durchgehen lassen, ich weiß es nicht. Anna begann mit einem Studium der Philosophie, das sie nach zwei Semestern wieder abbrach – ohne für mich nachvollziehbare Gründe. Danach verlor sie immer stärker den Bezug zum normalen Leben.«

»Wie meinen Sie das?«, hakte Antje nach.

Dr. Hoffmann wirkte verlegen, als er antwortete: »Nun, beispielsweise wurde Anna von Ihren Polizeikollegen nach Hause begleitet, weil sie nackt vor einer Eiche getanzt hatte. Ihre Begründung lautete, dass die Baumgeister so laut zu ihr gesprochen hätten.«

»Wurde der Geisteszustand Ihrer Tochter untersucht?«, wollte Roland wissen.

Der Strafverteidiger erwiderte: »Ja, sie ließ sich widerstrebend darauf ein. Der Nervenarzt konnte bei ihr keine Störung feststellen, die sich hätte behandeln lassen. Von ihrem Wesen her ist Anna leider sehr leichtgläubig und beeinflussbar. Ich weiß nicht, von wem sie diese Eigenschaften geerbt hat – von mir jedenfalls nicht. – Nach dieser Begutachtung durch den Psychiater wandte unsere Tochter sich immer stärker von uns ab. Ihre halbherzigen Versuche, im Berufsleben Fuß zu fassen, gab sie bald ganz auf. Und dann geriet sie in den Bann dieser gewalttätigen Fanatiker, die sich Penter nennen.«

Antje horchte auf. Nach dem, was sie bisher gelesen hatte, waren die Penter eher friedlich unterwegs, zumindest im Vergleich zu anderen Sekten. Aber man konnte nicht ausschließen, dass Dr. Hoffmann die Gruppe von einer anderen Seite kennengelernt hatte.

»Gab es denn konkrete Vorfälle?«

»Nein, Frau Fedder. Dafür sind diese Leute zu gerissen. Ich hätte mich mit juristischen Mitteln zur Wehr gesetzt, das können Sie mir glauben. Aber es gab nichts Greifbares, das man zur Anzeige hätte bringen können. Sie werden solche Fälle auch kennen. Man spürt, dass eine Person Übles im Schilde führt, kann ihr aber nichts nachweisen. – Für mich steht fest, dass die Penter Anna so stark manipuliert haben, dass sie ihrem eigenen Bruder etwas antun wollte.«

»Warum hätte die Sekte das tun sollen?«, fragte der Kommissar.

»Paul fand immer noch Zugang zu seiner Schwester, auch wenn sie sich von meiner Gattin und mir komplett abgewandt hatte. Dieses Band zwischen den beiden war den Fanatikern natürlich ein Dorn im Auge. Solche Gruppen lassen ja ihre Mitglieder äußerst ungern ziehen, da werden Sie mir zustimmen.«

»Von solchen Fällen liest man immer wieder«, entgegnete Roland, »aber wenn Ihre Tochter Ihren Sohn getötet hat und dafür ins Gefängnis geht, dann wäre sie doch für die Penter ebenfalls verloren?«

Dr. Hoffmann hob die Schultern: »Einerseits stimmt das, weil sie dann hinter Gittern sitzen würde. Andererseits hätte sie sich innerlich nicht von der Gruppe abgewandt, was nach der verqueren Logik solcher Leute gewiss viel wichtiger ist.«

»Also könnte Anna ihren Bruder getötet haben, weil sie von den Pentern dazu angestiftet wurde?«, fragte der Kommissar.

Der Strafverteidiger nickte und erwiderte: »Das ist meine Befürchtung, wenngleich dies nicht einfach zu beweisen sein wird. Anna ist leider nicht in der Lage, ihr Verhalten infrage zu stellen. Sie schluckt kritiklos alles, was diese Spinner ihr eintrichtern.«

Nach Antjes Ansicht hatte der Vater eine sehr geringe Meinung von seiner Tochter. Und es fiel der Polizistin schwer, sich die junge Frau als eine mordende Furie vorzustellen. Gewiss, Anna Hoffmann verhielt sich exzentrisch. Deshalb musste sie aber noch lange keine Gewaltverbrecherin sein. Die Kommissarin wandte sich an Dr. Hoffmann und sagte: »Wir überprüfen, inwieweit Ihre Tochter in die Tat verwickelt ist. – Gibt es denn noch andere Personen, denen Sie den Mord an Paul zutrauen würden?«

»Leider ja, Frau Fedder. Mein Sohn berichtete mir von einem Studenten namens Felix Rohde, der sich ebenfalls Hoffnung auf das Harvard-Stipendium gemacht hat, welches Paul zugesprochen wurde.«

»Davon haben wir bereits gehört«, erklärte Roland, »und der Streit zwischen Ihrem Sohn und seinem Rivalen ist uns nicht entgangen.«

Der Jurist breitete die Arme aus und rief: »Dann haben Sie ja genügend Ansätze für Ihre Mordermittlung! Ob Anna sich schuldig gemacht hat oder dieser Rohde der Täter war, müssen Sie schon selbst herausfinden.«

Dr. Hoffmanns gönnerhafte Art ging der Kommissarin auf den Wecker. Sie versuchte, es sich nicht anmerken zu lassen, und erwiderte: »Unsere Ermittlungen sind bereits in vollem Gang. Gibt es noch weitere Personen, die etwas gegen Ihren Sohn gehabt haben könnten?«

»Möglicherweise ja, aber ich kann Ihnen keine weiteren Namen nennen«, entgegnete der Strafverteidiger. Er fuhr fort: »Paul hatte eine grandiose Zukunft vor sich, er war ein gutaussehender Einser-Student – leider ziehen solche Menschen Neider auf sich, gerade in der heutigen Zeit, wo sich jeder Missgünstige in der Anonymität der sozialen Medien verstecken kann.«

»Wir werden allen Hinweisen nachgehen«, versicherte Antje und ergänzte: »Das beinhaltet auch die Unstimmigkeiten zwischen Ihrem Sohn und Ihrer Tochter, von denen wir gehört haben.«

Die Mimik des Rechtsanwalts veränderte sich nicht. Die Kommissarin hätte unmöglich einschätzen können, wie er auf die Erwähnung seiner Tochter, auf die er selbst am Telefon hingewiesen hatte, innerlich reagierte. Er sagte: »Ich selbst habe seit Monaten nicht mehr mit Anna gesprochen. Haben Sie meine Tochter schon verhört?«

»Wir stehen in Kontakt mit ihr«, erwiderte die Polizistin ausweichend, »ansonsten dürfen wir uns zu laufenden Ermittlungen nicht äußern.«

»Selbstverständlich nicht«, sagte Dr. Hoffmann und stand auf, »und es liegt mir fern, Sie beeinflussen zu wollen. Bitte halten Sie mich auf dem Laufenden, ich werde vorerst auf der Insel bleiben.«

Mit diesen Worten legte er eine Visitenkarte auf den Schreibtisch. Darauf stand auch seine Mobilnummer. Antje gab ihm ebenfalls ihre Karte: »Vielen Dank für Ihren Besuch. Bitte rufen Sie uns an, falls Ihnen noch etwas einfällt. Jede Kleinigkeit kann wichtig sein.«

Der Strafverteidiger deutete eine Verbeugung an und verließ die Wache. Die Polizisten schauten einander kurz schweigend in die Augen, dann fragte Roland: »Was hältst du vom ›Vater des Jahres‹?«

Sie grinste und erwiderte: »Dr. Hoffmann hat meiner Meinung nach den Verdacht ein wenig zu offensichtlich auf Anna lenken wollen. Entweder glaubt er wirklich daran oder er will uns in eine bestimmte Richtung drängen.«

»Um den echten Mörder zu decken?«

»Davon würde ich nicht unbedingt ausgehen, Roland. Der Anwalt scheint wirklich große Stücke auf seinen Sohn gehalten zu haben. Auch Ella meinte ja, dass Paul sein Kronprinz gewesen sei. Und Anna betrachtet er offensichtlich als einen hoffnungslosen Fall.«

Der Kommissar hatte seinen Computer eingeschaltet und sagte: »Zumindest die Sache mit dem Nackttanz zu nächtlicher Stunde hatte ein juristisches Nachspiel für Anna Hoffmann. Sie hat sich eine Strafe wegen Erregung öffentlichen Ärgernisses eingehandelt, kam allerdings mit einer Geldbuße davon. – Und wenn Dr. Hoffmanns Einschätzung der Sekte nun wirklich zutrifft? Vielleicht handelt es sich bei den Pentern um Wölfe im Schafspelz. Du hattest ja Bedenken, das Anna mit ihrem zu schwachen linken Arm den Bootshaken nicht richtig führen könnte. Aber wenn sie offenbar einen Freund aus den Reihen dieser Gruppierung hat, dann könnte er ihr die blutige Arbeit abgenommen haben.«

»Ja, das Vorhandensein dieses Mannes macht die Frau nicht weniger verdächtig«, meinte Antje, »und ihr Juist-

Aufenthalt ist ganz gewiss kein Zufall. Wir werden uns die Dame nochmal intensiv vorknöpfen, aber nun sollten wir erst einmal zum Hafen gehen. Die Norddeich-Fähre wird bald anlegen.«

»Und dann können wir unseren zweiten Hauptverdächtigen gleich in Empfang nehmen«, erwiderte Roland lächelnd.

Kapitel 10

Auf dem Weg zum nahegelegenen Hafen fiel den Polizisten eine schrille Dame auf. »Das glaube ich jetzt nicht«, murmelte Antje. Und ihr Kollege versuchte offenbar mit aller Kraft, nicht in lautes Gelächter auszubrechen.

»Bürgermeisterin im Undercover-Einsatz«, raunte er der Kommissarin zu. Es war zweifellos Silke Meester, die auf Höhe des Schiffchenteichs auf die Beamten zugeeilt kam. Ihre übliche damenhaft-hanseatische Garderobe hatte sie an diesem Morgen offensichtlich im Schrank gelassen. Sie trug knielange weiße Shorts, Garten-Clogs in einem schreienden Orangeton sowie eine weite Bluse mit buntem Blumenmuster, die nach Antjes Meinung aus einem Hawaii-Musical hätte stammen können. Eine große Sonnenbrille sowie ein Strohhut vervollständigten die Verkleidung.

»Entschuldigen Sie, wo finde ich hier das *Memmertfeuer*?«, fragte die Amtsträgerin so laut, dass alle Menschen im Umkreis von zehn Metern ihre Worte hören konnten.

Antje wusste nicht, ob sie lachen oder weinen sollte. Sie entschied sich dafür, einfach ernst zu bleiben: »Moin, Silke.«

»Pssst!«, zischte die Bürgermeisterin, wobei sie ihre Stimme senkte. »Ich habe mich als Touristin getarnt, um unauffällig nach dem Bootshakendieb Ausschau halten zu können.«

»Hast du schon etwas herausgefunden?«, wollte die Kommissarin wissen.

»Gestern war ich am Strand und konnte einige Urlauber sprechen, aber keinem von ihnen ist etwas aufgefallen«, lautete die Antwort.

»Wir wissen deinen Einsatz zu schätzen, aber wir müssen jetzt zur Fähre«, sagte Antje. »Wir sprechen uns später, einverstanden?«

»Vielen Dank für die Auskunft, Frau Wachtmeister!«, krähte die Bürgermeisterin.

Die Polizisten setzten sich wieder in Bewegung. Als sie außerhalb von Silke Meesters Hörweite waren, meinte Roland: »Ich will dich ja nicht kritisieren, aber dein Vater findet es bestimmt nicht lustig, dass seine Liebste sich wegen uns zum Affen macht.«

»Wie hätte ich denn ahnen können, dass Silke gleich ihre persönliche Karnevalssaison einläutet, nur weil sie sich unter den Badegästen umhören sollte?«

»Ja, das war nicht abzusehen«, erwiderte der Kommissar, »und ich hätte es nicht für möglich gehalten, dass die Frau Bürgermeister überhaupt derartige Klamotten besitzt.«

»Da wohnt man mit anderen Menschen zusammen auf einer kleinen Insel und kennt sie doch nicht wirklich gut«, philosophierte Antje. Eigentlich hatte sie die Amtsträgerin ja nur um ihre Hilfe gebeten, um sie auf Abstand zur aktuellen Ermittlung zu halten. Dies änderte allerdings nichts daran, dass die Person mit dem Bootshaken eine Schlüsselrolle bei dem Mord spielte.

Die Polizisten hatten den Fährterminal betreten und nahmen vor den Schranken Aufstellung. Hier mussten die Ankommenden mit ihren Fährtickets die Sperren lösen – wer keine gültige Fahrkarte hatte, kam nicht auf die Insel. Es dauerte nicht lange, bis die beiden Felix Rohde erblickten. Er war in Begleitung einer uniformierten Polizistin. Offenbar hatten die Kollegen in Norddeich sichergehen wollen, dass der Student auch wirklich auf der Insel ankam.

»Ich protestiere gegen diese Behandlung, das ist Freiheitsberaubung!«, grollte Rohde, nachdem er und die Beamtin die Sperre passiert hatten.

»Damit haben Sie mir schon während der Überfahrt in den Ohren gelegen«, meinte die dunkelblonde Beamtin, die laut ihrem Uniform-Namensschild Hoekstra hieß. »Sie können jederzeit eine Dienstaufsichtsbeschwerde einreichen.«

»Und das werde ich auch tun, darauf können Sie sich verlassen!«, drohte Rohde.

Roland sagte zu ihm: »Sie kommen jetzt erst einmal mit mir. Wenn Sie vernünftig bleiben, können wir auf Handschellen verzichten.«

Antje signalisierte der Festland-Kollegin, den beiden Männern etwas Vorsprung zu geben. Dann fragte die Kommissarin: »Weiß der Verdächtige, aus welchem Grund er zurück nach Juist gebracht wurde?«

»Nicht von uns«, antwortete Polizeimeisterin Hoekstra. »Wir haben ihn abgefangen, als er gestern in Norddeich die Fähre verlassen hat. Und er war überhaupt nicht begeistert davon, die Nacht in einer Arrestzelle verbringen zu müssen. Wir haben ihm nur mitgeteilt, dass seine Anwesenheit auf der Insel für eine Ermittlung unumgänglich sei.«

»Gut gemacht. – Falls Rohde wirklich wegen seiner Festnahme Ärger macht, nehme ich das auf meine Kappe«, gab Antje zurück. Vielleicht war es wirklich unverhältnismäßig gewesen, den Studenten über Nacht einzusperren. Andererseits hatte er sich durch sein Verhalten und seine überstürzte Abreise höchst verdächtig gemacht, wie die Kommissarin fand. Immerhin kam von ihm eine direkte Todesdrohung für das spätere Mordopfer. Sie überlegte, dass Rohde garantiert durch Nachrichten seiner Freunde in den sozialen Medien über den Mord informiert war. Falls er dies leugnete, würde es ihn nur noch verdächtiger machen. Sie konzentrierte sich wieder auf das Gespräch mit der Kollegin.

»Das höre ich gern«, sagte die Festlandpolizistin lächelnd, »und wenn ihr für mich keine Aufgabe habt, dann kehre ich jetzt gleich nach Norddeich zurück. Ich würde ja gern länger bleiben, aber ein Ticket für die spätere Expressfähre wollen wir dem Steuerzahler nicht zumuten.«

»Ich wünsche dir eine gute Heimreise – wenn ich mal wieder in Norddeich bin, trinken wir einen Tee zusammen«, erwiderte Antje und gab der Kollegin die Hand. Dann legte sie einen Schritt zu, um zu Roland und dem Studenten aufzuschließen. Rohde schmollte immer noch. Er hatte die Hände in den Hosentaschen vergraben und den Kopf gesenkt. Seine ablehnende Haltung wäre nicht deutlicher auszudrücken gewesen, wie die Kommissarin fand. Aber wenn Rohde das bockige Kind spielen wollte, würde sie sich davon nicht beeindrucken lassen. Nachdem die drei das Wachlokal erreicht hatten, durfte der Student auf ihrem Besucherstuhl Platz nehmen.

»Sie wissen, warum wir Sie zurückbringen ließen?«, fragte Antje ruhig.

Er verzog den Mund: »Wahrscheinlich wegen dieser lächerlichen Drohung, die ich gestern am Strand von mir gegeben habe! Unternehmen Sie eigentlich auch etwas gegen Paul Hoffmann? Immerhin hat er mich bei dem Rennen geschnitten – oder ist Ihnen das entgangen? Ich hätte ertrinken können, wenn ich nicht so ein guter Ruderer wäre!«

Diese Behauptung hielt die Polizistin für stark übertrieben, denn die Kollision war erst im flachen Wasser kurz vor der Brandung erfolgt. Sie hatte einen ganz anderen Verdacht: Rohde wusste genau, aus welchem Grund er wieder auf Juist war. Seine Empörung wirkte in diesem Moment inszeniert und gekünstelt, während ihm am Vortag nach dem Rennen tatsächlich der Kragen geplatzt war. Doch für diesen Eindruck hatte die Ermittlerin keinen Beweis, jedenfalls noch nicht. Sie ließ die Katze aus dem Sack: »Paul Hoffmann wurde am gestrigen Tag ermordet.«

Rohde riss die Augen auf und rief: »Wie bitte?! Glauben Sie etwa, ich hätte etwas damit zu tun?«

»Eine überzeugende Verblüffung gelingt Ihnen noch nicht«, meinte Roland trocken, »und als zukünftiger Jurist sollten Sie an Ihren schauspielerischen Fähigkeiten arbeiten.«

Rohde schüttelte den Kopf: »Sie können glauben, was Sie wollen – wo ist der Beweis für meine Schuld?«

Antje betonte: »Momentan befragen wir Sie als Zeugen, nicht als Beschuldigten. Wir wollen uns ein Bild von den Umständen machen, die zu Paul Hoffmanns Tod führten.«

Der Student stieß ein verächtlich klingendes Schnauben aus und erwiderte: »Dazu kann ich Ihnen einiges sagen: Paul war ein Mensch, der ständig auftrumpfen musste. Das Leben betrachtete er wahrscheinlich als einen einzigen großen Wettkampf, bei dem es stets nur darum ging, auf dem Siegertreppchen zu stehen. Wobei er sich nicht mit dem Gewinnen zufriedengab – er musste die Unterlegenen auch noch demütigen.«

Die Kommissarin dachte sich, dass diese Einschätzung gut zu dem Bild passte, das Anna Hoffmann von ihrem Bruder gezeichnet hatte. War sie für Paul auch nur eine lästige Konkurrentin um die Liebe der Eltern gewesen? Hatte der »Kronprinz« seine Schwester bewusst klein gehalten, um seine Rolle als Musterknabe nur umso stärker auskosten zu können? Roland warf ein: »Galt dieses Konkurrenzdenken auch für seine Beziehung zu Ella?«

»Selbstverständlich«, erwiderte der Student, »und ich glaube nicht, dass Paul Ella auch nur eine Minute lang geliebt hat. Es ging ihm nur darum, sie mir auszuspannen.«

»Während Sie wirklich etwas für diese Dame empfinden?«, hakte Antje nach.

Rohde warf einen Blick auf das Namensschild an ihrer Uniformbluse und antwortete: »Ja, ich liebe Ella, Frau Fedder. Darum war für mich der Gedanke so unerträglich, dass dieser Angeber einfach nur mit ihr gespielt hat.«

»Also war seine Beziehung zu Ihrer Ex-Freundin der tiefere Grund für die Feindschaft zwischen Paul und Ihnen?«, vergewisserte Roland sich. »Die Sache mit dem Harvard-Stipendium haben Sie nur vorgeschoben?«

»Ja – nein … ich weiß es nicht!«, stammelte der Student. Er fuhr fort: »Ich wette, dass Pauls Staranwalt-Papi seine Finger im Spiel hatte, als sein Sohnemann mit dieser Fördersumme bedacht wurde. Leider kann ich es nicht beweisen.«

»Ihr Rivale lebt nicht mehr, und Sie sind immer noch sauer auf ihn«, stellte Antje fest.

Diese Beobachtung schien Rohde unangenehm zu sein. Trotzdem rechtfertigte er sich: »Ich kann Ungerechtigkeit eben nicht ausstehen!«

»Dann beweisen Sie es!«, forderte sie. »Helfen Sie uns dabei, Pauls Mörder zu finden!«

Nun wirkte Rohde tatsächlich überrascht, er musste das Gefühl nicht vorspielen: »Sie halten mich nicht mehr für den Täter?«

»Ich bin überzeugt davon, dass Sie uns etwas verheimlichen«, vermutete die Kommissarin.

Der Verdächtige reagierte zunächst nicht. Er wich ihrem Blick aus und fuhr sich mit den Handflächen über das Gesicht. Nachdem er tief durchgeatmet hatte, sagte er: »Ich bin in Panik von der Insel geflohen. Für mich stand fest, dass Sie mich für den Mörder halten würden.«

»Warum hätten wir das tun sollen? Aufgrund der Todesdrohung, die Sie am Strand ausgestoßen haben?«, fragte Roland.

»Ja, auch deshalb. – Vor allem aber, weil ich die Leiche gefunden habe.«

Mit dieser Aussage hatten die Polizisten nicht gerechnet. Antje forderte Rohde mit einer Handbewegung zum Weitersprechen auf. Der Student begann: »Nachdem Sie uns einen Platzverweis erteilt hatten, war ich völlig außer mir. Ich bin immer noch felsenfest davon überzeugt, dass Paul mein Boot absichtlich gerammt hat. Er ist … war einfach kein Mensch, der verlieren kann. Meine Freunde versuchten, mich zu beruhigen. Aber ich konnte nicht mehr klar denken. Wir gingen zusammen zum Ferienhaus. Dort fiel mir die Decke auf den Kopf. Ich musste nach draußen und … ich wollte mich mit Ella aussprechen. Sie hätte doch erkennen müssen, mit was für einem Dreckskerl sie sich eingelassen hatte!«

»Wussten Sie, wo sich die von Paul Hoffmann angemietete Unterkunft befindet?«, fragte Roland.

Rohde zögerte kurz, dann schüttelte er den Kopf. Antje hakte nach: »Wie konnten Sie Ella finden? Haben Sie ihr eine Nachricht geschrieben oder sie angerufen?«

»Nicht direkt.«

»Was soll das bedeuten?«, wollte die Kommissarin wissen.

»Als wir noch zusammen waren, habe ich heimlich eine Ortungsapp auf ihrem Smartphone installiert«, gab Rohde zu. Er wirkte zerknirscht.

»Ihnen ist schon bekannt, dass dies ohne Einverständnis der Telefonbesitzerin nicht erlaubt ist?«, vergewisserte Roland sich.

»Ich bin nicht stolz darauf, ehrlich nicht. Es gab mir einfach ein sicheres Gefühl – zu wissen, wo Ella sich aufhält. Sogar dann, als Paul sie mir abspenstig gemacht hatte und sie von mir fernhielt.«

Antje wollte wissen, wie es weitergegangen war: »Sie haben also diese App genutzt, um Ella zu folgen. – Was geschah dann?«

»Ich ging in die Dünenlandschaft, bis plötzlich das Signal verschwand. Vielleicht war ich in ein Funkloch geraten – oder Ella hatte aus irgendeinem Grund ihr Telefon ausgeschaltet. Jedenfalls schaute ich mich in der Nähe um, bis ich neben dieser Aussichtsplattform Paul entdeckte. Er lag leblos auf dem Boden. Ich ging zu ihm, wollte seinen Puls tasten. Aber er war schon tot.«

»Und Sie hielten es nicht für nötig, uns oder einen Arzt zu alarmieren!«, rief Roland empört.

Rohde behauptete: »Im ersten Moment wollte ich das tun, wirklich! Ich hatte mein Smartphone schon in der Hand. Doch dann dachte ich nach: Sie hatten die Szene morgens am Strand miterlebt. Wenn Sie mich nun neben Pauls Leiche in den Dünen angetroffen hätten – was hätten Sie dann wohl gedacht? Ich sagte mir, dass früher oder später jemand anders den Leichnam entdecken würde. Ich hielt es für besser, Juist mit der nächsten Fähre zu verlassen.«

»Dieses Vorhaben war nicht gerade von Erfolg gekrönt«, stellte der Kommissar trocken fest.

Antje überlegte: Hatte Rohdes Geschichte Hand und Fuß? Bei ihm waren sowohl Motiv als auch Gelegenheit für die Tat vorhanden. Zeugen gab es nach dem jetzigen Kenntnisstand nicht. Sie fragte: »Haben Sie auch die Mordwaffe gesehen?«

»Sie meinen den Bootshaken? Ja, der lag ein paar Schritte von dem Toten entfernt.«

»Haben Sie das Werkzeug berührt?«

»Ganz gewiss nicht, Frau Fedder!«

»Wir werden Ihre Fingerabdrücke nehmen, um uns zu vergewissern«, sagte sie.

»Das können Sie gern tun«, erwiderte Rohde.

Die Polizistin wusste nicht, ob auf dem hölzernen Schaft des Bootshakens wirklich Spuren des Mörders nachweisbar waren. Momentan kam es ihr nur auf Rohdes Reaktion an. Er schien sich keine Sorgen darum zu machen, aufgrund seiner Fingerabdrücke überführt zu werden. Doch letztlich zählten natürlich nicht ihre Eindrücke, sondern die nüchternen Fakten.

Kapitel 11

Nachdem der Fingerabdruck-Scanner zum Einsatz gekommen war, tippte die Kommissarin Rohdes Aussage in den Computer. Er las den Ausdruck sorgfältig durch und setzte dann seine Unterschrift darunter.

»Sie können jetzt gehen, aber halten Sie sich zu unserer Verfügung«, sagte Roland. Der Student entfernte sich so schnell wie möglich. Der Kommissar schaute ihm durch das Fenster nach: »Ich halte ihn nicht für den Mörder, Antje. Felix hatte bestimmt genügend Wut im Bauch, um seinen Rivalen um die Ecke zu bringen. Aber woher hätte er wissen können, dass Ella in Begleitung von Paul spazieren ging?«

»Vielleicht, weil die beiden unzertrennlich waren?«, schlug die Kommissarin vor.

Roland erwiderte: »Schön, das ist denkbar – aber hätte Felix Paul vor den Augen seiner Freundin getötet und zu diesem Zweck den Bootshaken mit sich herumgeschleppt? Er konnte ja nicht wissen, dass das Pärchen sich streiten würde und Ella allein zum Ferienhaus zurückgeht. Seine Flucht aufs Festland kann man als Panikreaktion ansehen. Und wenn wir ehrlich sind, dann hätten wir Felix Rohde als Hauptverdächtigen betrachtet. Er gibt zu, mit Paul allein in den Dünen gewesen zu sein. Er behauptet lediglich, den Mord nicht begangen zu haben. Einen Beweis dafür ist er uns schuldig geblieben.«

Antje sagte: »Wir werden Felix gewiss nicht von unserer Verdächtigenliste streichen. – Doch bevor wir uns völlig auf ihn einschießen, sollten wir das Sektenpaar genauer unter die Lupe nehmen. Wir sind uns gewiss einig darüber, dass Anna Hoffmann die Tat nicht selbst begangen hat – erstens ist ihr linker Arm kaum zu gebrauchen, und zweitens traue ich ihr einfach nicht zu, einen so nahen Blutsverwandten kaltblütig zu töten. Aber ihr Komplize – wer immer das auch sein mag – könnte das Verbrechen sehr wohl begangen haben.«

»Wir müssen seine Identität herausfinden«, stellte der Polizist fest. »Falls er für die Tatzeit ein wasserdichtes Alibi vorweisen kann, müssen wir mit diesem Herrn keine Zeit verschwenden.«

Bevor Antje etwas erwidern konnte, klingelte das Festnetztelefon. Sie nahm den Hörer ab, meldete sich mit Namen und Dienstgrad. Dr. Wiechers vom gerichtsmedizinischen Institut Oldenburg war am Apparat: »Moin, Frau Fedder. Es geht um die männliche Leiche, die Sie uns haben zukommen lassen. Ich dachte mir, dass Sie das Obduktionsergebnis so schnell wie möglich erhalten möchten.«

»Ja, richtig. Das ist sehr aufmerksam von Ihnen.«

»Das tue ich doch gern«, erwiderte der Gerichtsmediziner und fuhr fort: »Wie Sie sich schon gedacht haben werden, trat der Tod aufgrund der schweren Verletzung im Halsbereich ein. Ich gehe nicht davon aus, dass es einen Kampf gegeben hat. Die Wunde wurde dem Opfer geschlagen, ohne dass es Widerstand geleistet hätte.«

Antje erinnerte sich an die zahlreichen leeren Sektflaschen, die sie auf der Terrasse des Ferienhauses gesehen hatte. Sie fragte: »Könnte diese mangelnde Gegenwehr auf Alkohol- oder Drogenkonsum zurückzuführen sein?«

»Diese Möglichkeit ist auszuschließen«, erklärte Dr. Wiechers. »Der junge Mann hatte eine äußerst geringe Alkoholkonzentration im Blut, vielleicht hat er ein Glas Sekt oder ein kleines Bier zu sich genommen. Aber er befand sich zum Zeitpunkt seines Todes keinesfalls in einem nennenswerten Rauschzustand.«

»Ich verstehe, Herr Doktor. Können Sie genauer eingrenzen, wann die Person starb?«

»Ja, Frau Fedder. Der Tod muss gestern zwischen dreizehn und vierzehn Uhr eingetreten sein. – Unter den Fingernägeln des Opfers haben wir lediglich Sandkörner gesichert, keine Hautschuppen oder Haare, die von einem Tatbeteiligten stammen könnten.«

Das wäre auch zu schön gewesen, dachte die Kommissarin. Sie sagte: »Haben Sie noch weitere Informationen für mich?«

»Leider nein, Frau Fedder. Der schriftliche Bericht geht Ihnen wie üblich später zu.«

Sie bedankte sich und beendete das Telefonat. Da der Lautsprecher eingeschaltet war, hatte Roland den kurzen Wortwechsel mitbekommen. Er meinte: »Es dürfte knifflig werden, dem Mörder die Bluttat nachzuweisen. Es gibt offensichtlich keine direkten Mordzeugen. Der oder die Verdächtige muss einfach nur hartnäckig leugnen, schon steigen seine Chancen darauf, straffrei davonzukommen. Von der kriminaltechnischen Auswertung des Bootshakens erhoffe ich mir nämlich nicht viel.«

Antje erwiderte: »Ich auch nicht, aber der Mensch wächst bekanntlich mit seinen Aufgaben. – Komm, wir rücken dem Töchterchen auf die Bude!«

Die beiden verließen die Wache, nachdem die Kommissarin die Anrufumleitung für das Telefon aktiviert hatte. Mit den Fahrrädern erreichten sie die Pension der Verdächtigen im Handumdrehen. Katrin Tigges war gerade dabei, das Geschirr im Frühstücksraum abzuräumen, als die Polizisten eintraten.

»Moin, wir müssten mit Anna Hoffmann sprechen«, sagte Antje zu der Pensionswirtin.

Sie nickte und erwiderte: »Die junge Frau wird noch in ihrem Zimmer sein, zumindest habe ich sie bisher nicht gesehen.«

»Sie ist nicht zum Frühstück erschienen?«, vergewisserte Roland sich.

»Nein, heute hat sie sich noch nicht einmal sehen lassen, um einen Kaffee zu trinken«, lautete die Antwort.

»Hat Anna Hoffmann Besuch bekommen?«, wollte die Kommissarin wissen.

»Davon ist mir nichts bekannt«, erwiderte Katrin Tigges.

Antje führte sich vor Augen, dass Anna Hoffmann einen eigenen Schlüssel hatte. Sie hätte nachts problemlos ihren Begleiter mit in ihre Unterkunft schmuggeln können, ohne dass dies von der Pensionswirtin oder den anderen Gästen bemerkt worden wäre. Nachdem sie die Zimmernummer erfahren hatten, gingen die Kommissare den Korridor entlang. Roland klopfte an die Tür: »Frau Hoffmann, stehen Sie bitte auf. Hier ist die Polizei!«

Einen Augenblick lang kam keine Reaktion. Der Polizist öffnete schon den Mund, um seinen Ruf zu wiederholen, als sich eine verschlafen klingende Frauenstimme vernehmen ließ: »Was gibt es denn so Wichtiges am frühen Morgen?«

»Es ist bald Mittag!«, stellte Antje klar und fügte hinzu: »Wir müssen mit Ihnen reden, es ist wichtig!«

»Ja, Moment bitte.«

Das Knarren von Bettfedern ertönte. Das Geräusch von schlurfenden Schritten näherte sich der Tür. Ein Schlüssel wurde im Schloss umgedreht, und gleich darauf öffnete Anna Hoffmann. Es erschien glaubhaft, dass sie aus dem Tiefschlaf gerissen worden war. Die junge Frau trug ein knielanges T-Shirt in schrillen Farben, das ihr offenbar als Nachthemd diente. Sie blinzelte die Beamten an und gähnte hinter vorgehaltener Hand. Antje schaute an Anna Hoffmann vorbei ins Zimmer. Nichts deutete darauf hin, dass sich eine weitere Person dort aufhielt. Der Raum war zu klein, als dass sich ein Mann dort hätte verstecken können. Er hätte sich höchstens im Kleiderschrank verbergen können, und dieser stand weit offen. Ordnungssinn gehörte offenbar nicht zu den stärksten Charaktereigenschaften dieser Frau. Obwohl Anna Hoffmann so verpennt wirkte, entging ihr nicht, dass die Polizistin den Raum genau betrachtete: »Suchen Sie etwa hier den Mörder meines Bruders? Ich habe niemanden versteckt, gucken Sie sich ruhig um. Ich habe nichts zu verbergen!«

Den letzten Satz bezweifelte Antje stark, aber sie ging nicht darauf ein. Stattdessen sagte sie: »Ziehen Sie sich bitte etwas an, wir müssen uns mit Ihnen unterhalten.«

»Wie Sie wünschen«, erwiderte Anna Hoffmann schulterzuckend. Während Roland draußen auf dem Flur wartete, schlüpfte sie unter Antjes Aufsicht in eine Jeans und eine bestickte Bluse ohne Kragen. Sie wirkte nicht nervös. Ob sie den Besuch der Polizisten schon erwartet hatte? Die meisten Menschen wären wohl beunruhigt gewesen, wenn nach dem Aufstehen die Ordnungsmacht etwas von ihnen wollte – egal, ob sie nun etwas auf dem Kerbholz hatten oder nicht. Anna Hoffmann hingegen war die Ruhe selbst. Sie gähnte einige weitere Male.

»Haben Sie zu wenig Schlaf bekommen?«, erkundigte die Kommissarin sich betont beiläufig.

»Das würde ich nicht behaupten, Frau Fedder. Aber die gute Seeluft hier auf Juist lässt mich ganz besonders tief schlummern.«

Anna Hoffmann konnte nicht wissen, dass Antje sie und ihren Penter-Freund in der Dunkelheit verfolgt hatte. Oder? War der Verdächtigen aufgefallen, dass die Polizistin sie beobachtete? Spielte sie den Beamten eine Komödie vor? Die Kommissarin begriff, dass sie diese Frau trotz ihrer offensichtlichen Weltfremdheit keinesfalls unterschätzen durfte. Auch ein Mensch mit dem Kopf in den Wolken war leider zur Planung oder Durchführung eines Gewaltverbrechens fähig, dies geschah immer wieder.

»Zum Wachwerden brauchen Sie jedenfalls einen starken Kaffee oder Tee«, bestimmte Antje. »Folgen Sie mir, Sie sind eingeladen!«

Die Kommissare gingen mit der Verdächtigen ins nahegelegene *Lütje Teehus*, das bereits geöffnet hatte. Sie hätten natürlich auch auf der Wache mit Anna Hoffmann sprechen können, aber die Polizistin hoffte, dass sich die junge Frau in der gemütlichen Atmosphäre des alten Friesenhauses wohler fühlen und zugänglicher sein würde. Mit den holzgetäfelten Wänden und den niedrigen Decken sowie den gerahmten Bildern aus längst vergangenen Zeiten war das Lokal ein beliebter Treffpunkt für Fans von echter ostfriesischer Atmosphäre. Um die Mittagszeit war dort allerdings noch nicht viel los. Antje suchte einen Tisch in einer ruhigen Ecke. Dort war ein ungestörtes Gespräch möglich. Nachdem die Kommissarin eine Kanne Assam-Tee für Roland und sich sowie einen doppelten Espresso für Anna Hoffmann bestellt hatte, kam sie sofort zur Sache: »Erzählen Sie mir von der Penter-Geheimsprache!«

Die junge Frau wirkte angenehm überrascht. Wahrscheinlich hatte sie nicht damit gerechnet, auf dieses Thema angesprochen zu werden. Sie sagte: »Diese Sprache dient uns dazu, mit dem Universum in Kontakt zu treten. Man muss sie im Grunde genauso lernen wie jede andere Fremdsprache auch. Allerdings ist es viel leichter, weil man mit dem Öffnen der eigenen Seele die Bedeutung der Worte instinktiv begreift.«

Roland verdrehte die Augen, hielt sich aber mit einem Kommentar zurück. Antje fragte: »Man kann in dieser Sprache auch singen, nicht wahr?«

»Ja, richtig. – Woher wissen Sie das, Frau Fedder?«

»Ich habe Sie in der vergangenen Nacht am Strand singen hören, und zwar im Duett mit einer anderen Person, mit einem Mann.«

Nun wurden die Getränke serviert, und Anna Hoffmann nahm einen großen Schluck von ihrem Espresso. Sie riss die Augen auf und behauptete: »Sie müssen sich irren, ich war allein.«

»Sie sollten besser bei der Wahrheit bleiben«, riet der Kommissar und fügte hinzu: »Ist Pentern das Lügen überhaupt erlaubt? Jedenfalls ist es niemals eine gute Idee, die Polizei hinter das Licht führen zu wollen. – Meine Kollegin hat Sie nämlich gesehen!«

Anna Hoffmann schüttelte den Kopf und wandte sich an Antje: »Ich weiß nicht, wen Sie bemerkt haben wollen – ich war es jedenfalls nicht. Ich habe allein in meinem Bett gelegen und geschlafen.«

Die Polizistin musste zugeben, dass die Verdächtige durchaus überzeugend wirkte – jedenfalls auf Menschen, die es von Berufs wegen nicht ständig mit Lügnern zu tun hatten. Hinzu kam, dass die junge Frau trotz ihrer exzentrischen Art einen harmlosen und freundlichen Eindruck machte. Aber Antje traute ihren eigenen Sinnesorganen mehr als den Behauptungen einer Verdächtigen. Sie sagte: »Darf ich Sie daran erinnern, dass es große Probleme zwischen Ihnen und Ihrem Bruder gegeben hat? Wenn Sie wirklich nichts mit seinem Tod zu tun haben, dann müssen Sie sich nicht fürchten.«

»Ich habe keine Angst, Frau Fedder. Der Kosmos meint es gut mit mir.«

»Wie Sie meinen. Dann hat der Kosmos gewiss auch nichts dagegen, wenn Sie mir den Namen Ihres nächtlichen Begleiters nennen.«

Anna Hoffmann trank ihren Espresso aus und sagte: »Danke für den Kaffee. – Sie sind auf dem Holzweg. Ich habe Paul nicht umgebracht, und ich kenne auch niemanden, dem ich dies zutrauen würde. Wahrscheinlich ist mein armer

Bruder an seiner eigenen inneren Negativität zugrunde gegangen.«

Roland wurde es zu bunt: »Eine Stimmungslage kann aber keine Waffe führen! Wenn Sie jemanden schützen, der für das Verbrechen an Ihrem Bruder verantwortlich ist, müssen Sie sich auf eine Strafanzeige wegen Beihilfe gefasst machen.«

Antje hoffte, dass diese Drohung etwas nützen würde. Doch die junge Frau blieb uneinsichtig: »Ich habe mir nichts vorzuwerfen. Und ich kenne niemanden, der zu so einer grausigen Tat fähig wäre.«

Die Kommissarin stand auf und legte Geld für die Getränke auf den Tisch. Dann sagte sie: »Das ist für den Moment alles. Wir werden auf Sie zukommen, sobald es etwas Neues gibt. – Ihr Vater befindet sich übrigens momentan auch auf Juist, wir haben bereits mit ihm gesprochen.«

Diese Neuigkeit schien Anna Hoffmann gar nicht zu gefallen, zumindest ließ ihr Gesichtsausdruck darauf schließen. Sie blieb am Tisch sitzen und starrte in ihre leere Espressotasse. Nachdem die Polizisten das *Lütje Teehus* verlassen hatten, sagte Roland: »Wir sind uns wohl einig darüber, dass Annas Gefährte ebenfalls zu der Sekte gehört und sie ihn auf keinen Fall verraten will. Aber vielleicht ist das gar nicht nötig. Diese Penter haben zwar ihre Rituale und ihre Geheimsprache, aber sie betreiben nicht so ein Versteckspiel wie manche andere Glaubensgemeinschaften. Und da es eine relativ kleine Gruppe ist, sollten wir irgendwie an ihre Namen herankommen können.«

»Das ist eine gute Idee«, erwiderte Antje, »ich hätte nämlich nicht gedacht, dass sich diese Frau als eine so harte Nuss erweisen würde.«

»Vielleicht ist sie ja ganz besonders stark vom Kosmos beseelt«, schlug Roland mit todernstem Gesichtsausdruck vor.

»Doofmann!«, gab sie lachend zurück und knuffte ihm leicht mit dem Ellenbogen zwischen die Rippen.

Sobald die beiden ins Wachlokal zurückgekehrt waren, schalteten sie ihre PCs ein und begannen mit einer Online-Recherche. Es gab tatsächlich eine Informationsveranstaltung der Penter in Hannover, die vor drei Wochen stattgefunden hatte. Antje wollte schon den Ansprechpartner kontaktieren, dessen Telefonnummer auf der Homepage stand. Da gab ihr Kollege ihr ein Handzeichen. Aufgeregt winkte er sie zu sich herüber: »Das musst du dir ansehen!«

Sie erhob sich von ihrem Bürostuhl und ging zu ihrem Kollegen. Er hatte ein Foto der Penter-Gruppe aus Münster in Westfalen entdeckt. Die Aufnahme zeigte eine kleine Gruppe von Sektenanhängern, die sich am Ufer eines Sees versammelt hatten. Es waren nur fünf Menschen, alle sehr jung. Einen von ihnen erkannte die Polizistin sofort: Es war Florian Schröder, einer von Paul Hoffmanns Freunden aus dem Ferienhaus.

Kapitel 12

Antje stieß langsam die Luft aus ihren Lungen und sagte: »Schröder kann nicht wissen, dass ich ihn zusammen mit Anna Hoffmann bemerkt habe. Wenn wir es geschickt anstellen, können wir ihm ein Geständnis entlocken.«

Da die Polizisten bei dem Platzverweis am Strand die Mobilnummern von sämtlichen Anwesenden notiert hatten, konnte die Kommissarin den Studenten direkt anrufen: »Moin, Herr Schröder. Hier spricht Kommissarin Fedder von der Polizei Juist. Es gibt noch einige Unklarheiten bei Ihren Angaben zum gestrigen Tag. Könnten Sie gleich zur Wache kommen?«

»Selbstverständlich. Ich will dazu beitragen, den Mord an meinem Freund aufzuklären«, behauptete er. Antje nannte ihm die Adresse, und er beteuerte, sich unverzüglich auf den Weg zu machen.

»Glaubst du, dass er Lunte gerochen hat?«, fragte Roland, nachdem sie das Telefonat beendet hatte.

Die Kommissarin hob die Schultern: »Das lässt sich schwer einschätzen. – Schröder kann ja nicht wissen, dass ich ihn und seine Sektenfreundin beobachtete. Leider konnte ich ihn nicht erkennen, dafür war es einfach zu dunkel.«

»Lass ihn doch etwas vorsingen, vielleicht erinnerst du dich an seine Stimme.«

»Sehr lustig, Rollo! – Wir müssen einfach darauf vertrauen, dass Anna Hoffmann Schröder nicht telefonisch vorwarnt und er davon überrascht wird, dass wir von der Verbindung zwischen den beiden wissen.«

»Die abgehobene junge Dame besitzt doch nicht mal ein Handy«, gab der Polizist zu bedenken.

Antje erwiderte: »Richtig, aber in der Pension Tigges gibt es ein Festnetztelefon.«

Es dauerte nicht lange, bis es klingelte. Als Auswärtiger konnte Schröder nicht wissen, dass man die Tür der Polizeiwache Juist während der Dienstzeiten einfach aufdrücken konnte. Antje öffnete und führte den Studenten zu ihrem Besucherstuhl. Nachdem er Platz genommen hatte, sagte sie: »Wir vernehmen Sie als Beschuldigten. Sie stehen im Verdacht, Paul Hoffmann getötet zu haben. Sie müssen sich nicht selbst belasten und haben das Recht auf die Vertretung durch einen Strafverteidiger.«

Schröder fiel aus allen Wolken: »Das kann nur ein schreckliches Missverständnis sein, Frau Fedder! Paul ist – war – mein Freund, ich hätte ihm niemals etwas antun können.«

Roland fragte: »Wo sind Sie während der vergangenen Nacht gewesen?«

»In meinem Bett, im Ferienhaus«, behauptete der Student. »Erst konnte ich nicht einschlafen, weil Pauls Schicksal mich so bewegt hat. Irgendwann sind mir dann doch die Augen zugefallen, und ich schlummerte bis zum Morgen.«

»Gibt es dafür Zeugen?«

»Ich habe mein Zimmer für mich allein, Frau Fedder.«

»Dann sind Sie also nicht gemeinsam mit Anna Hoffmann am Strand gewesen?«, hakte sie nach. Schröder erschrak sichtlich, schüttelte aber den Kopf: »Nein, das war ich nicht.«

»Ich habe die Nase voll von Ihren Ammenmärchen!«, grollte der Kommissar. »Wir wissen, dass sowohl Sie als auch Pauls Schwester zu den Pentern gehören. Und meine Kollegin konnte miterleben, wie Sie nachts gemeinsam gesungen haben. Wollten Sie auf diese Art Paul Hoffmanns Tod feiern?«

Rolands letzter Satz war eindeutig eine Provokation, wie Antje fand. Es gelang, den Verdächtigen aus der Reserve zu locken: »Nein, das sehen Sie völlig falsch. – Ich gebe zu, dass ich Anna kenne und wir demselben Glauben anhängen.

Und unser Gesang sollte Paul auf seinem Weg in die andere Welt ehren. Obwohl er ein böser Mensch gewesen ist, wollten wir ihm vergeben. Aber mit seinem Tod haben weder Anna noch ich etwas zu tun!«

Nun sind wir schon mal einen Schritt weiter, dachte die Polizistin. Sie sagte: »Also stimmt es, dass Sie beide zu den Pentern gehören?«

»Ja.«

»Und diese Tatsache war auch Paul und Ihren übrigen Freunden bekannt?«, hakte sie nach. Schröder erwiderte: »Nein, das nicht. Ich habe meinen Glauben nie verleugnet, ihn aber auch nicht an die große Glocke gehängt. Die meisten meiner Mitstudenten sind sehr oberflächlich. Sie hätten herausfinden können, dass ich ein Penter bin, haben es aber nicht getan. – Ich kenne Anna seit einigen Monaten, wir verstehen uns gut, ein Liebespaar sind wir allerdings nicht. Sie hat mir erzählt, dass sie seit vielen Jahren unter ihrem Bruder leidet. Da beschlossen wir, für Gerechtigkeit zu sorgen.«

»Und wie wollten Sie das tun? Indem Sie Paul ins Jenseits befördern?«, fragte Roland direkt.

Der Student schüttelte den Kopf: »Nein, als Penter lehnen wir Gewalt ab. Ich hatte von dem Gerücht gehört, dass Paul sein Harvard-Stipendium auf unlautere Art erhielt. Ich wollte Beweise dafür suchen, um ihn öffentlich bloßzustellen. Das wäre für einen Mann, der so von sich selbst eingenommen ist, die schlimmste Strafe gewesen. Ich versuchte vergeblich, an sein Smartphone zu gelangen. Darin hätte ich garantiert Hinweise gefunden.«

Antje dachte über seine Behauptungen nach und erwiderte: »Wenn das stimmt, dann waren Sie gar nicht hinter Ella her, sondern hatten Paul im Visier? Sie hielten nach einer Gelegenheit Ausschau, um Unregelmäßigkeiten bei der Stipendienvergabe zu entlarven?«

»Genauso ist es, Frau Fedder. Ella hat meine Absicht komplett missverstanden. Sie unterstellte mir sogar, eine Art Spanner-Tagebuch zu führen. Dabei will ich gar nichts von ihr. Aber da sie viel Zeit mit Paul verbracht hat, nahm sie wohl an, dass ich es auf sie abgesehen hätte.«

»Nun lebt ja Paul nicht mehr«, stellte Antje fest. »Suchen Sie denn nach wie vor einen Beweis für Korruption?«

»Nein, das nicht. Vielleicht könnte man noch aufdecken, dass Dr. Hoffmann bei dieser Sache seine Finger im Spiel hatte. Aber Anna und ich sind der Meinung, dass er durch den Tod seines Sohnes schon genug gestraft ist«, meinte Schröder.

»Sie leugnen also, Paul mit einem Bootshaken getötet zu haben?«, vergewisserte der Kommissar sich.

»Das bin ich nicht gewesen«, beteuerte der Student, »und übrigens saß ich nach Ihrem Platzverweis die ganze Zeit über mit meinen Freunden auf der Ferienhausterrasse.«

»Und dort haben Sie kräftig gebechert«, stellte Roland fest. »Verträgt sich dies eigentlich mit Ihren religiösen Überzeugungen?«

»Bei den Pentern gibt es kein Alkoholverbot«, erwiderte Schröder, »und außerdem …«

Er konnte den Satz nicht beenden, weil es in diesem Moment an der Tür klingelte. Roland stand auf, ging nach vorn und öffnete. Dr. Hoffmann war erschienen. Er sagte: »Ich verlange, dass Sie auf der Stelle einen gewissen Florian Schröder verhaften. – Es besteht der dringende Verdacht, dass er meinen Sohn getötet hat!«

Kapitel 13

Für einen Moment herrschte Stille in der Polizeiwache. Dann stand der Student auf: »Ich bin Florian Schröder, Herr Dr. Hoffmann. Und Ihr Sohn ist ganz gewiss nicht durch meine Hand gestorben. Wir waren miteinander befreundet, auch wenn ich nicht alle seine Handlungen billigen konnte.«

Falls der Strafverteidiger durch Schröders Anwesenheit überrascht war, ließ er es sich nicht anmerken. »Ach, wirklich?«, schnarrte er. »Und was hat Ihnen an Paul missfallen, wenn ich fragen darf?«

Trotz Dr. Hoffmanns höhnischem Tonfall antwortete der Student völlig ernsthaft: »Ich fand es nicht in Ordnung, dass er das Harvard-Stipendium für seine eigene Leistung hielt, obwohl offensichtlich Sie dabei getrickst haben. Aber vor allem fand ich es schäbig, wie gemein Paul zu seiner einzigen Schwester gewesen ist. Man soll zwar über Tote nichts Schlechtes sagen, aber Sie haben schließlich gefragt.«

Der Rechtsanwalt runzelte die Stirn und warf Schröder unheilverkündende Blicke zu. Antje wollte ein Wortgefecht zwischen den beiden Männern verhindern: »Herr Dr. Hoffmann, wir befragen Florian Schröder im Zusammenhang mit dem Mord an Ihrem Sohn bereits. – Und Sie, Herr Schröder, halten sich bitte zurück. Sie sind hier, um unsere Ermittlungen voranzubringen.«

Der Jurist gestikulierte wild. Er hätte sich vermutlich auf den Studenten gestürzt, doch Roland schob sich unauffällig zwischen die beiden. Der Kommissar hatte ein besonders stark ausgeprägtes Gespür dafür, Situationen zu entschärfen, was sich im Dienstalltag schon oft als hilfreich erwiesen hatte.

»Ich weiß nicht, wozu Sie noch Zeit verschwenden wollen«, grollte Dr. Hoffmann. »Ich habe soeben mit meinem Töchterchen gesprochen. Anna beteuert zwar, dass sie und ihr Komplize unschuldig seien – aber es liegt doch auf der Hand, dass diese Sekte bei ihr und diesem Kerl eine Gehirnwäsche vorgenommen hat!«

»Wie haben Sie Anna gefunden?«, wollte Antje wissen. »Ich kann mir nicht vorstellen, dass sie den Kontakt zu Ihnen gesucht hat.«

Der Strafverteidiger starrte die Kommissarin an. Er überlegte wahrscheinlich, ob er ihre Frage als Beleidigung auffassen sollte. Nach kurzem Zögern antwortete er: »Meine Tochter lebt in einer Traumwelt, damit habe ich mich abgefunden. Ich weiß aber auch, dass sie mit dem Geld, das ich ihr jeden Monat zukommen lasse, keine großen Sprünge machen kann. Also ging ich systematisch vor. Ich schaute im Internet nach, welche Pensionen auf Juist am günstigsten sind, und begann damit, sie eine nach der anderen abzuklappern. In dem Gästehaus von Frau Tigges wurde ich fündig.«

»Aber Ihre Tochter hat Ihnen gegenüber nicht den Mord gestanden?«, vergewisserte Antje sich.

»Nein, das habe ich auch nicht erwartet. – Das spielt keine Rolle, sie und ihr Komplize sind schuldig. Daran kann es keinen Zweifel geben, auch wenn Sie als einfache Inselpolizisten das nicht begreifen«, höhnte Dr. Hoffmann.

Die Kommissarin konnte es nicht ausstehen, wenn man sie von oben herab behandelte. Trotzdem ließ sie sich nicht zu einer unbedachten Antwort hinreißen, sondern sagte: »Es ist Ihr gutes Recht, die Dinge so zu betrachten. Wir halten uns allerdings nach wie vor an die Unschuldsvermutung. Noch ist die Untersuchung der Todesumstände nicht abgeschlossen, beispielsweise fehlt bisher die kriminaltechnische Untersuchung der Mordwaffe. Daher muss ich Sie noch um etwas Geduld bitten. – Was die Stipendienvergabe an Ihren Sohn angeht, so gibt es den Anfangsverdacht einer Bestechung. Falls wir in dieser Richtung Beweise finden, werden wir sie an das zuständige Dezernat im Polizeipräsidium Münster weiterleiten.«

Der Jurist errötete, vermutlich vor Wut. Jedenfalls konnte Antje sich nicht vorstellen, dass er sich schämte. Dieses Gefühl passte nicht zu dem Eindruck, den sie von ihm hatte. Mit erzwungener Ruhe presste er hervor: »Wenn Sie der Meinung sind, sich mit mir anlegen zu wollen – nur zu. Sie werden es noch bereuen, mir begegnet zu sein.«

»Ihr letzter Satz hörte sich für mich nach der Bedrohung einer Polizeibeamtin im Dienst an«, sagte Roland. Antje hoffte nur, dass ihr Kollege ebenfalls die Nerven behalten würde. Doch bevor die Situation aus dem Ruder laufen konnte, stürmte der Rechtsanwalt grußlos aus der Polizeiwache.

Schröder seufzte und erklärte: »Dies war meine erste persönliche Begegnung mit diesem Herrn. Nun verstehe ich viel besser, warum Anna sich nicht nur von ihrem Bruder, sondern auch von ihrem Vater nicht wertgeschätzt fühlte. – Jetzt hat sie ja die Penter, wir sind wie eine neue Familie für sie.«

Die Kommissarin erwiderte: »Für den Moment haben wir keine weiteren Fragen. – Sie können mir aber Gesellschaft leisten, während mein Kollege Ihr Alibi überprüft.«

Antje wollte Schröder die Möglichkeit nehmen, die Aussagen der übrigen Studenten zu beeinflussen. Roland warf ihr einen Blick zu, der so viel bedeuten konnte wie: *Kann ich dich mit dem Verdächtigen alleinlassen?*

Sie nickte kaum merklich und lächelte dem Kommissar zu. Er wusste, dass sie es nicht ausstehen konnte, wenn man sie unterschätzte. Seine Besorgnis um sie war einfach ein Ausdruck seiner Liebe.

»Ich werde bald zurück sein.«

Mit diesen Worten verließ Roland die Wache. Antje tippte Schröders Aussage in ihren Computer und druckte den Text aus. Der Verdächtige überflog die Seiten und setzte dann seine Unterschrift darunter.

»Darf ich jetzt gehen, Frau Fedder? Ich möchte zu Anna. Es geht ihr bestimmt nicht gut, nachdem sie mit ihrem Vater sprechen musste.«

Die Kommissarin fragte sich, ob Anna für Schröder doch mehr war als nur ein anderes Mitglied seiner Glaubensgemeinschaft. Ob er für sie gemordet hätte? Aber würden die anderen Studenten ihm wirklich ein falsches Alibi geben? Es handelte sich schließlich um angehende Juristen. Ihnen allen musste bewusst sein, dass sie sich durch solche Aussagen ihre gesamte berufliche Zukunft verbauen konnten. Sie sagte: »Gedulden Sie sich noch einen Moment, mein Kollege wird bald zurück sein.«

Und tatsächlich stürmte Roland ungefähr zwanzig Minuten später in das Wachlokal.

»Ihre Freunde bestätigen Ihr Alibi, Sie können gehen«, stieß er atemlos hervor.

Schröder nickte den Polizisten zu und eilte hinaus. Antje legte den Kopf schräg und fragte lächelnd: »Dachtest du, dass der junge Mann mich überwältigen würde? Oder einen Verführungsversuch startet?«

»Das finde ich nicht lustig, Antje! Vorhin wussten wir ja noch nicht, ob Schröder ein Mörder ist.«

Sie hob die Augenbrauen und fragte: »Wie siehst du es jetzt? Haben die Studenten für ihren Kumpan gelogen oder nicht?«

»Ich glaube, dass sie bei der Wahrheit geblieben sind«, meinte Roland seufzend. Er fuhr fort: »Erinnere dich doch nur daran, wie begeistert sie alle Paul zugejubelt haben, als er das Bootsrennen gewann. Auch Schröder war übrigens völlig euphorisch, obwohl er dieses Gefühl nur vorgespielt haben dürfte. Aber ich kann mir beim besten Willen nicht vorstellen, dass Keller und Mohl dem Mörder ihres Freundes ein falsches Alibi geben.«

»Mit anderen Worten: Wir können Schröder von unserer Verdächtigenliste streichen«, erwiderte Antje, »und Anna Hoffmanns Täterschaft würde ich wegen ihres schwachen linken Arms mit einem großen Fragezeichen versehen. Gewiss, theoretisch hätte sie den schweren Bootshaken auch mit einem Arm heben können, aber sie scheint mir nicht gerade die Kräftigste …«

Die Kommissarin unterbrach sich selbst, denn in diesem Moment wurde die Tür aufgestoßen. Antje dachte zuerst, dass Schröder noch etwas vergessen hätte. Doch anstelle des Studenten stürmte die Bürgermeisterin ins Wachlokal.

»Ich weiß jetzt, wer den Bootshaken genommen hat!«, verkündete Silke Meester strahlend.

Kapitel 14

Die Polizistin musste sich eingestehen, dass sie nicht viel von den Bemühungen der Amtsträgerin erwartet hatte. Falls Silke Meester tatsächlich eine brauchbare Information vorweisen konnte, dann lagen die Dinge nun natürlich komplett anders.

»Nimm doch bitte Platz!«, sagte Antje und deutete auf ihren Besucherstuhl.

Die Bürgermeisterin trug immer noch ihre alberne Verkleidung, aber das war jetzt nebensächlich. Silke Meester setzte sich und berichtete: »Ich weiß nicht mehr, mit wie vielen Badegästen ich gesprochen habe. Zum Glück bin ich es in meinem Beruf ja gewohnt, mit den unterschiedlichsten Menschen zu reden. Ich habe mir eine Geschichte ausgedacht, die plausibel klingen musste. Ich erzählte den Leuten, dass ich ein Ruderboot gemietet hätte und der Bootshaken nun verschwunden wäre. Ich müsste dem Vermieter für den Schaden aufkommen, wenn ich das Werkzeug nicht zurückbrächte! Die Urlauber erwiesen sich als sehr hilfsbereit, aber keiner hatte etwas bemerkt – bis auf ein Ehepaar aus Dortmund!«

»Mach es nicht so spannend, Silke«, bat Roland, der als Antjes Freund quasi zur Familie gehörte und daher Tjark Fedders Lebensgefährtin ebenfalls duzen durfte.

Die Bürgermeisterin genoss es offensichtlich, im Mittelpunkt der Aufmerksamkeit zu stehen. In der Vergangenheit hatte sie immer wieder bezweifelt, dass die beiden Juister Polizisten ihren Aufgaben gewachsen waren. Und nun schien es so, als ob sie wirklich dringend auf ihre Hilfe angewiesen wären. Sie erklärte: »Diese freundlichen Feriengäste haben wirklich einen Mann gesehen, der einen Bootshaken aus einem der Ruderboote nahm und sich schnell vom Strand entfernte. Sie dachten sich nichts dabei

– der Dortmunder fragte mich sogar, ob es sich bei der Person nicht um meinen Ehemann handeln könne!«

Silke Meester kicherte, als ob diese Vorstellung völlig absurd wäre. Antje hakte nach: »Wie sah der Mann denn aus?«

»Die Zeugen schätzten sein Alter auf fünfzig bis sechzig. Er hatte eine beginnende Stirnglatze und einen graumelierten braunen Vollbart. Er trug eine Brille. Bekleidet war er mit Shorts, einem karierten Hemd mit kurzen Ärmeln und Sandalen ohne Socken. Die Figur wurde als schlank bis hager eingeschätzt.«

Die Amtsträgerin schaute die beiden mit leuchtenden Augen an, erwartete offenbar ein überschwängliches Lob. Aber Roland hörte sich eher skeptisch an: »Das ist eine sehr präzise Beschreibung, nur passt sie leider auf keinen unserer bisherigen Verdächtigen.«

»Das ist doch nicht meine Schuld!«, stieß Silke Meester gekränkt hervor.

»Die Information hilft uns auf jeden Fall weiter«, betonte Antje schnell, »die Ermittlungen sind noch lange nicht abgeschlossen.«

Silke Meester stand auf und wandte sich zur Tür: »Ich will mich nicht aufdrängen. Ihr wart es, die mich um Hilfe gebeten haben.«

»Und das wissen wir auch zu schätzen«, behauptete die Kommissarin und hoffte, dass ihre Worte möglichst überzeugend wirkten.

Die Amtsträgerin würdigte sie keiner Antwort und schloss die Tür.

»Ganz schön sauer, die Dame«, stellte der Kommissar fest.

»Wundert dich das? Du hättest etwas diplomatischer reagieren können, Rollo!«

»Das ist leichter gesagt als getan«, erwiderte er seufzend. »Du wirst mir zustimmen, dass diese famose Personenbeschreibung weder auf Florian Schröder noch auf Reinert Hayenga passt. Und was die weiblichen Verdächtigen angeht – weder Ella noch Anna tragen einen Vollbart.«

Den letzten Satz brachte Roland so ernsthaft hervor, dass Antje lachen musste. Sie konnte ihrem Freund nie lange böse sein. Es traf ja zu: Der Mann mit dem Bootshaken konnte keine der Personen sein, die sie bisher im Visier gehabt hatten. Daran ließ sich nichts beschönigen. Ob die Polizisten die ganze Zeit lang in eine falsche Richtung ermittelt hatten?

»Falls es wirklich eine Verbindung zwischen Paul Hoffmann und dem Unbekannten gibt, dann müssen wir sie herausfinden«, dachte die Kommissarin laut nach. Sie fügte hinzu: »Um einen Mitstudenten wird es sich nicht handeln, dafür ist die Person zu alt.«

»Aber der Mann könnte ein Professor oder Dozent sein«, schlug Roland vor. »Wir müssten uns bei jemandem erkundigen, der nicht verdächtig ist, aber das Umfeld des ermordeten Studenten kennt. Und da fällt mir auf Anhieb nur eine Person ein – Dr. Hoffmann höchstpersönlich.«

Die Polizistin nickte. Der Strafverteidiger hatte kein Hehl daraus gemacht, wie wenig er von den beruflichen Fähigkeiten der Inselpolizisten hielt. Aber Antje hätte niemals wegen einer persönlichen Kränkung ihre Pflichten vernachlässigt. Daher nahm sie sich die Visitenkarte, die der Jurist hinterlassen hatte, und rief ihn an.

»Hoffmann.«

»Moin, hier spricht Kommissarin Fedder von der Polizei Juist. – Herr Dr. Hoffmann, wir sind bei unseren Ermittlungen auf eine weitere Person gestoßen, über die wir gern mit Ihnen sprechen möchten.«

»Also haben Sie den Mordverdächtigen Schröder immer noch nicht verhaftet?«

Antje ging auf die Frage nicht ein: »Können wir zu Ihnen kommen? Ich möchte ungern am Telefon Einzelheiten preisgeben.«

Der Jurist erwiderte seufzend: »Meinetwegen, Sie geben ja doch keine Ruhe. – Ich bin im *Strandhotel Juist* abgestiegen. Dort finden Sie mich im Weißen Saal.«

»Wir kommen umgehend zu Ihnen«, versicherte die Polizistin und beendete das Telefonat.

Roland zwinkerte ihr zu: »So, der hochkarätige Strafverteidiger bevorzugt also eine exklusive Umgebung? Alles andere hätte mich auch gewundert.«

»Hoffentlich redest du dich gleich nicht um Kopf und Kragen«, warnte seine Kollegin.

»Keine Sorge, Antje – ich werde schweigen wie ein Grab. Du hingegen wirst gewiss die richtigen Worte wählen.«

Sie warf ihm eine Kusshand zu, bevor die beiden die Wache verließen und sich auf den Weg zum *Strandhotel Juist* machten. Dieses im traditionellen Stil der Seebäder errichtete imposante Gebäude existierte bereits seit der Kaiserzeit, damals noch in seiner Funktion als Kurhaus. Wenn man sich an Bord der Fähre Juist näherte, konnte man das große weiße Hotel schon von Weitem sehen. Die Polizisten stellten ihre Fahrräder auf dem Vorplatz ab und betraten das Gebäude. In dem unter Denkmalschutz stehenden Weißen Saal hatten sie Pauls Vater schnell entdeckt. Der Rechtsanwalt saß an einem Tisch vor einem der hohen Fenster, genoss den Blick auf die Nordsee und trank Tee. Er warf den Ermittlern einen abweisenden Blick zu und bot ihnen keinen Platz an. Antje hatte ohnehin nicht vor, sich häuslich niederzulassen.

»Vielen Dank für Ihre Zeit«, sagte sie kühl und fuhr fort: »Wir haben uns gefragt, ob Sie diesen Mann kennen könnten.«

Sie wiederholte die Beschreibung, die Silke Meester von dem Unbekannten mit dem Bootshaken bekommen hatte. Dr. Hoffmann kniff die Augen zusammen, dann schüttelte er den Kopf: »Nein, eine solche Person gehört gewiss nicht zum Freundeskreis meines Sohnes.«

»Es wäre ja auch möglich, dass es sich um eine Bekanntschaft von der Universität handelt, beispielsweise einen Lehrenden.«

»Glauben Sie mir – ich weiß, mit wem Paul verkehrt hat. Und nun darf ich Sie bitten, nicht länger meine Zeit zu stehlen. Es ist schlimm genug, dass Sie offensichtlich unfähig sind, den Mörder zu verhaften.«

Die Kommissarin ging nicht auf diese Bemerkung ein. Stattdessen wünschte sie dem Juristen einen schönen Tag und verließ gemeinsam mit Roland das Hotel. Er schaute sie prüfend von der Seite an: »Trotz dieser Abfuhr wirkst du zufrieden – oder täusche ich mich?«

»Nein, du hast mich durchschaut«, gab Antje lächelnd zu, »ich bin nämlich sicher, dass Dr. Hoffmann uns angelogen hat. Er weiß genau, um wen es sich handelt.«

»Das ist deine Vermutung, die du aber nicht beweisen kannst.«

»Richtig, Roland. Deshalb schlage ich vor, dass du hier in der Nähe bleibst. Falls Dr. Hoffmann aus dem Gebäude kommt, kannst du dich an seine Fersen heften.«

»Das will ich gern tun«, erwiderte der Kommissar. »Und was hast du vor?«

»Ich spreche noch einmal mit Ella. Auch sie könnte die Identität des Bartmannes kennen. Natürlich besteht die Gefahr, dass sie mit ihm unter einer Decke steckt. Aber das würde ich bemerken.«

»Du kannst eben Menschen lesen«, gab Roland lächelnd zurück. Antje nahm ihr Fahrrad und machte sich auf den Weg zum Ferienhaus in der Billstraße. Natürlich hätte sie

Ella zunächst anrufen können, aber es erschien ihr sinnvoller, direkt mit der jungen Frau zu sprechen. Nachdem die Polizistin an der Tür geklingelt hatte, wurde ihr von Eric Keller geöffnet.

»Haben Sie Pauls Mörder endlich gefunden?«, fragte er statt einer Begrüßung.

Antje ging nicht auf seinen unterschwelligen Vorwurf ein: »Ich muss mit Ella Dorn sprechen.«

»Sie ist vorhin zum Strand gegangen, wollte allein sein«, erwiderte Keller und schlug der Polizistin die Tür vor der Nase zu.

Sie hätte sich über sein Benehmen ärgern können, doch stattdessen überlegte sie lieber, wo genau sich die Studentin aufhalten könnte. Der breite gepflegte Strand mit den feinen hellen Sandkörnern gehörte zu den Hauptattraktionen des »Töwerlands«. Die meisten Juist-Urlauber hielten sich an den Strandabschnitten auf, die Westbad und Ostbad genannt wurden. Hier gab es auch Rettungsschwimmer, die mit ihrer Wachsamkeit Badeunfälle zu verhindern versuchten. Wer aber die Einsamkeit suchte, konnte sie selbst in der Hauptsaison bei strahlendem Wetter finden. Wohin würde Antje sich wenden, wenn ihr nicht nach Gesellschaft zumute war? Ihre erste Wahl wäre das Billriff. Sie fuhr Richtung Westen an der Domäne Bill vorbei und stellte ihr Gefährt auf dem Fahrrad-Parkplatz an der Memmertstraße ab. Falls die Polizistin mit ihrer Vermutung falschlag, verschwendete sie hier wertvolle Zeit. Sie stapfte durch den warmen Sand und ließ ihren Blick über die weite ebene Fläche schweifen. Hier gab es keine Strandkörbe. Das eigentliche Billriff ließ sich durch ein Seezeichen erkennen, das auf einer Dünenkrone aufragte. Am Spülsaum der Nordsee lief ein Jogger entlang. Er kam Antje entgegen. Schon von der Statur her erkannte sie, dass es sich nicht um Ella handelte. Die Kommissarin bemerkte einen kleinen dunklen Punkt weit vor sich. Sie beschleunigte ihre Schritte, soweit dies angesichts der Bodenbeschaffenheit möglich war. Ihre Ahnung hatte sie nicht getäuscht. Ella Dorn kauerte auf einem Strandlaken. Sie war mit einem dunkelblauen Badeanzug bekleidet, schien aber noch nicht im Wasser gewesen zu sein. Sie hatte die Beine angezogen und ihre Arme um ihre Knie geschlungen. Als die Kommissarin in Hörweite war, runzelte die Studentin die Stirn und rief: »Können Sie mich nicht einfach in Ruhe lassen? Ich möchte allein sein mit meiner Trauer um Paul.«

»Das verstehe ich«, erwiderte Antje, »aber Sie müssen begreifen, dass wir den Mörder Ihres Freundes fassen wollen. Das wird auch in Ihrem Interesse sein. – Es geht mir um eine ganz bestimmte Person, nach der wir suchen.«

Die Polizistin fügte hinzu, wie der bärtige Mann mit dem Bootshaken ausgesehen hatte. Noch während sie sprach, war die junge Frau hochgeschnellt. Während Ella eben noch deprimiert und mürrisch gewirkt hatte, befand sie sich nun in heller Aufregung: »Das könnte Professor Harald Krämer sein, einer meiner Dozenten! Ich habe ihn zwar noch nie in kurzen Hosen gesehen, aber er ist stets braungebrannt – und er hat einmal in einem Nebensatz erwähnt, dass er sich oft auf Juist befindet!«

»Hat Paul Hoffmann diesen Herrn ebenfalls gekannt? Gab es vielleicht eine Verbindung zwischen den beiden?«, hakte Antje nach.

Während die Studentin eben noch gar nicht schnell genug antworten konnte, wurde sie nun bemerkenswert einsilbig. Die Kommissarin wollte sie schon zum Weitersprechen auffordern, als sie freiwillig den Mund öffnete: »Das klingt jetzt vielleicht etwas eingebildet – aber ich habe schon länger den Verdacht, dass Professor Krämer heimlich verliebt in mich ist.«

Kapitel 15

Antje wusste genau, was Ella meinte. Auch die Kommissarin hatte schon einmal einen Verehrer gehabt, der hoffnungslos in sie verschossen war. Sie hatte damals *gespürt*, wie es um diesen Mann – er war ein Tourist gewesen – stand. Zum Glück war er vernünftig gewesen und hatte begriffen, dass sie seine Gefühle nicht erwiderte. Daher war kein Konflikt entstanden. Aber wenn dieser Professor Krämer vor Liebe blind war und deshalb seinen Rivalen aus dem Weg geräumt hatte? Es war, als ob die Studentin die Gedanken der Polizistin lesen könnte: »Glauben Sie, dass Herr Krämer … dass er etwas mit Pauls Tod zu tun hat?«

»Das habe ich nicht gesagt«, betonte Antje, »zunächst möchte ich nur mit dem Professor sprechen. Wissen Sie, wie ich ihn erreichen kann?«

»Er hat mir einmal seine Mobilnummer gegeben und gesagt, dass ich ihn jederzeit erreichen könnte, falls ich eine Frage zu seinen Seminaren hätte … natürlich ist mir nicht entgangen, dass ich ihm gefalle … aber ich habe ihm keine Hoffnungen gemacht, wirklich nicht!«

»Sie haben sich nichts vorzuwerfen«, versicherte die Kommissarin.

Ella hatte ihr Smartphone aus der Tasche geholt und diktierte eine Zahlenfolge. Antje rief sofort die Nummer an, aber es erklang lediglich der Standardspruch auf einem Anrufbeantworter. Immerhin schien das Gerät nicht ausgeschaltet zu sein. Die Polizistin hatte zwar eine Ortungsapp auf ihrem Handy, aber wegen der Funklöcher auf der Insel war diese nicht besonders zuverlässig. Eine Person damit aufzufinden erinnerte eher an ein Glücksspiel. Doch falls Krämer noch auf der Insel verweilte, würde er über seine Ferienunterkunft leicht aufzuspüren sein. Bevor Antje mit der Touristinformation Kontakt aufnehmen konnte, klingelte ihr Telefon. Roland war am Apparat.

»Hoffmann hat das Hotel verlassen, er wirkt zornig.«

»Hat er dich bemerkt?«

Der Kommissar erwiderte: »Nee, danach sieht es nicht aus. Ich hatte mich hinter dem Buschwerk neben dem Weg zur Aussichtsplattform versteckt. Hoffmann ist zu Fuß unterwegs, ich habe mein Rad stehen gelassen und folge ihm mit ausreichendem Abstand.«

»Lass dich nicht erwischen, ich bin momentan am Billriff und komme so schnell wie möglich zu dir!«

Mit diesen Worten beendete Antje das kurze Telefonat. Ella schaute sie an und fragte: »Gibt es etwas Neues?«

»Ich melde mich bei Ihnen, falls ich noch mehr über Krämer erfahren muss.«

»Verfolgen Sie ihn? Ich möchte mitkommen, Frau Fedder!«

»Es handelt sich um eine polizeiliche Maßnahme, das ist zu gefährlich.«

»Eben haben Sie noch behauptet, nur mit dem Professor sprechen zu wollen!«, stellte die Studentin fest.

Die Kommissarin hatte momentan weder die Zeit noch die Nerven für eine Diskussion mit Ella. Sie sagte: »Ich muss jetzt zu meinem Rad, wir sprechen später weiter.«

Antje begann zu laufen. Sie fühlte sich wie in einem Alptraum, wo sie vor Monstern wegrannte und immer langsamer wurde, obwohl sie mit ganzer Kraft vorwärtsstürmte. Die Polizistin wusste nicht, ob Ella ihr folgte. Es spielte keine Rolle. Auf dem Fahrradparkplatz war vorhin außer ihrem eigenen Gefährt kein anderes Zweirad abgestellt gewesen. Und ohne dieses Fortbewegungsmittel würde die Studentin erheblich länger bis zum Ortskern brauchen. Wenn man im normalen Tempo fuhr, benötigte man von dem Parkplatz an der Memmertstraße bis zur Polizeistation zwanzig Minuten. Antje legte ein gewaltiges Tempo vor. Während sie auf der langgestreckten Billstraße vorwärts schoss, sortierte sie ihre Gedanken: Warum hatte Dr. Hoffmann vermutlich den Namen des Professors verschwiegen? Dass er und Krämer einander kannten, war naheliegend – vor allem, falls der Rechtsanwalt wirklich bei der Stipendienvergabe an seinen Sohn »nachgeholfen« hatte. Es gab eine Schlussfolgerung, die der Polizistin gar nicht gefiel – der Strafverteidiger wollte Selbstjustiz an Pauls Mörder verüben. Und das würden Antje und Roland auf gar keinen Fall zulassen. Nun erwies es sich als äußerst vorausschauend, dass der Kommissar sich auf Dr. Hoffmanns Fährte gesetzt hatte. So bestand eine gute Chance, die Tat noch rechtzeitig zu verhindern. Natürlich war sie auch um die Sicherheit ihres Freundes besorgt. Falls der Rechtsanwalt die Nerven verlor, konnte es auch für Roland gefährlich werden. Plötzlich klingelte ihr Smartphone erneut. Sie hatte die Ohrhörer angelegt, um die Hände nicht vom Lenker nehmen zu müssen.

»Ich folge Hoffmann gerade in die Dünen, er schaut sich suchend um. Ich muss zurückfallen, damit er mich nicht bemerkt«, teilte der Kommissar seiner Kollegin mit.

»Wo genau bist du?«, wollte sie wissen.

»Hoffmann geht beim *Looger Koopmann* Richtung Hammersee, ich folge ihm.«

»Alles klar, ich müsste in spätestens zehn Minuten dort sein«, erwiderte die Kommissarin und beendete das Telefonat.

Der Hammersee war ein beliebtes Wandergebiet, umgeben von Krüppelwäldchen und Gründünen. Es gab dort gut ausgebaute Wege. Wo hätte sich Hoffmann mit dem Professor verabreden sollen? Dafür kam nur ein einprägsamer Punkt infrage. Ansonsten bestand die Gefahr, dass man einander verfehlte. Aber warum sollte Krämer bei einem solchen Treffen überhaupt erscheinen? Antje führte sich vor Augen, dass er nichts von dem Verdacht gegen ihn wissen konnte. Vielleicht hatte der Rechtsanwalt einen plausiblen Vorwand gefunden, um den mutmaßlichen Mörder seines Sohnes in die Falle zu locken. Es gab einen Wegweiser, der die Pfade zum Wärterhaus, zur Bill und zum Hammersee zeigte. Das wäre ein geeigneter Treffpunkt, wenn man aus Richtung Ort kam. Antje kam sich wie bei einem Radrennen vor, während sie ihr Gefährt dorthin lenkte. Obwohl sie gut im Training war, spürte sie inzwischen die Auswirkungen ihres Sprints. Ihr Herz raste, die Uniformbluse wurde durch den Schweiß an ihren Rücken geklebt. Und in den Oberschenkeln machte sich die Kraftanstrengung ebenfalls bemerkbar. Die Kommissarin vermied es, dauernd auf die Uhr zu starren. Es kam ihr ohnehin so vor, als ob die Zeit nur äußerst zähflüssig verrinnen würde. Immerhin schien sie mit ihrer Vermutung richtiggelegen zu haben. Sie hörte Rolands laute Stimme: »Werfen Sie das Messer weg! Noch einmal sage ich es nicht!«

*

Antje konnte ihren Kollegen nicht sehen, denn er befand sich offenbar hinter einer Düne. Sie ließ ihr Fahrrad zu Boden sinken, zog ihre Pistole und schlich so schnell und geräuschlos wie möglich auf die Dünenkrone. In der Senke auf der anderen Seite bot sich der Polizistin ein dramatisches Bild. Ein bleicher bärtiger Mann kauerte auf dem Boden, der Rechtsanwalt stand neben ihm – und hielt ein Steakmesser in der Hand! Vermutlich hatte der Jurist es aus der Hotelküche mitgehen lassen, aber das war jetzt unwichtig. Roland stand einige Schritte von ihm entfernt und hatte seine Dienstwaffe auf Dr. Hoffmann gerichtet. Der Einsatz von Pfefferspray kam nicht infrage, dafür stand der Wind zu ungünstig. Aber auch ein gezielter Schuss war nicht möglich, denn der Mann am Boden hätte verletzt werden können. Der Rechtsanwalt hatte Antje noch nicht bemerkt. Sie duckte sich schnell wieder weg, denn sie erkannte ihre Chance, die Situation unblutig zu entschärfen. Ob ihr Kollege gesehen hatte, dass sie erschienen war? Sie wusste es nicht. Es kam jetzt darauf an, schnell und geräuschlos einen Bogen zu schlagen, um den Täter von hinten zu erwischen. Die Polizistin umrundete die Düne, als sie Dr. Hoffmanns Stimme vernahm: »Sie wissen doch auch, dass Krämer schuldig ist, Herr Witte! Glauben Sie ernsthaft, ich würde den Mörder meines Sohnes laufenlassen?«

»Ich wollte das alles nicht!«, wimmerte ein anderer Mann. Es musste sich um den Professor handeln. Ob diese Worte bereits ein Schuldeingeständnis waren? Das spielte für die Polizistin in diesem Moment keine Rolle. Für sie zählte nur, dass weiterhin geredet wurde. Solange der Täter noch mit Roland sprach, würde er nicht zustechen. Zumindest war dies ihre Hoffnung.

Dr. Hoffmann lachte, aber das Geräusch erinnerte eher an das Bellen einer Hyäne: »Sie sind einmalig, Krämer! Wollen Sie uns weismachen, Pauls Tod wäre ein bedauerlicher Unfall gewesen?!«

Ob der Strafverteidiger eine ernsthafte Antwort erwartete? Ihm musste bewusst sein, dass er in diesem Moment seine eigene berufliche Zukunft endgültig zerstörte und eine Haftstrafe auf ihn wartete. Doch offensichtlich befand er sich in einem seelischen Ausnahmezustand. Antje musste keine Psychologin sein, um dies beurteilen zu können. Sie hatte nun den rückwärtigen Teil der Senke erreicht und hob den Kopf vorsichtig über die Dünenkuppe. Die Kommissarin war nun genau dort, wo sie sein wollte. Roland bemerkte sie natürlich, weil er dem Täter gegenüberstand. Dr. Hoffmann hingegen hatte ihr den Rücken zugekehrt. Sie musste handeln, bevor der Tag vielleicht ein tragisches Ende nahm. Sie schob die Pistole wieder ins Holster, weil sie die Waffe jetzt nicht benutzen wollte. Antje rannte den Abhang hinab, was wegen des sandigen Untergrunds geräuschlos geschah. Dann packte sie Dr. Hoffmanns Messerhand am Gelenk und zog den Arm mit ganzer Kraft nach hinten, während sie ihm gleichzeitig von hinten in die Kniekehlen trat. Damit hatte er nicht gerechnet. Der Täter stieß einen Wutschrei aus. Er konnte sich nicht auf den Beinen halten und fiel vornüber zu Boden. Auch Roland hatte sich in Bewegung gesetzt, sobald seine Kollegin Dr. Hoffmann unschädlich zu machen begann. Der Kommissar packte den Professor und zog ihn aus der unmittelbaren Gefahrenzone. Dann kam er Antje zu Hilfe. Es gelang den beiden, dem Angreifer das Messer abzunehmen und ihm Handschellen anzulegen.

Kapitel 16

Dr. Hoffmann verweigerte die Aussage, was sein gutes Recht war. Dass er Professor Krämer und Roland mit einem Messer bedroht hatte, war unstrittig. Die Polizisten zweifelten nicht daran, dass die Staatsanwaltschaft deshalb Anklage gegen ihn erheben würde. Der Kommissar hatte das Steakmesser bereits in einen Beutel für Beweisstücke getan. Zunächst überwog die Erleichterung, weil bei der Entwaffnung des Täters niemand verletzt worden war. Trotzdem bat Antje einen der Inselärzte zur Polizeistation, nachdem die Beamten mit Dr. Hoffmann und Professor Krämer dorthin gegangen waren. Während Roland den Strafverteidiger in die Arrestzelle steckte, musterte die Kommissarin den Professor. Er schien unter Schock zu stehen. Sein Blick war glasig, die Unterlippe zitterte. Daher hielt sie es für sinnvoll, ihn von einem Mediziner untersuchen zu lassen.

Wenig später erschien der Arzt. Die Polizistin setzte erst einmal Wasser für Tee auf. Als echte Inselfriesin wollte sie sich für den gelungenen Einsatz mit dem traditionellen Heißgetränk belohnen. Roland kam zu ihr, nachdem er die Zelle verschlossen hatte. Selbstverständlich waren sowohl Dr. Hoffmann als auch Professor Krämer von ihm schon vor dem Eintreffen auf der Dienststelle nach Waffen oder gefährlichen Gegenständen durchsucht worden.

»Was ist geschehen, bevor ich erschienen bin?«, fragte Antje halblaut.

Roland antwortete leise: »Die beiden Herren waren offensichtlich miteinander verabredet. Jedenfalls glaube ich nicht, dass sie sich in der idyllischen Dünen-Einsamkeit zufällig über den Weg gelaufen sind. Als ich dazukam, wollte Pauls Vater dem Professor gerade an die Kehle gehen. Krämer schrie um Hilfe. Ich zog meine Waffe, aber Dr. Hoffmann bedrohte den Mann die ganze Zeit über mit dem Messer. Es gab keine Möglichkeit, ihn unschädlich zu machen. Zum Glück warst du rechtzeitig zur Stelle.«

»Man tut, was man kann«, scherzte Antje, wurde aber im nächsten Moment wieder ernst: »Wollen wir Krämer gleich als Beschuldigten verhören?«

»Das sollten wir tun, falls der Arzt keine Einwände hat. Wie heißt es doch so schön: Man soll das Eisen schmieden, solange es heiß ist.«

»Apropos: Jetzt gibt es erst mal einen frischen Tee«, kündigte die Polizistin an.

Nachdem die beiden eine Tasse von der starken Assam-Mischung getrunken hatten, rief der Mediziner sie wieder herein: »Der Patient hatte eine Kreislaufstörung, was zweifellos auf seine Aufregung zurückzuführen ist. Er muss viel trinken, eine weiterführende Behandlung ist aber nicht notwendig.«

Antje und Roland bedankten sich bei dem Arzt. Nachdem er sich verabschiedet hatte, sagte die Polizistin zu dem Professor: »Sie stehen unter dem Verdacht, Paul Hoffmann getötet zu haben. Sie müssen sich nicht selbst belasten und können sich anwaltlich vertreten lassen.«

»Das ist mir selbstverständlich bekannt, Frau … Fedder«, erwiderte der Verdächtige, nachdem er einen Blick auf ihr Namensschild geworfen hatte, »denn ich bin schließlich Professor der Rechtswissenschaften. Dann glauben Sie also diesen absurden Vorwurf, den Dr. Hoffmann gegen mich erhebt?«

»Für uns zählen nur die Fakten«, betonte die Kommissarin, »und deshalb geben wir Ihnen die Gelegenheit, Ihre Sicht der Ereignisse zu schildern.«

»Das will ich gern tun«, sagte Krämer. Er war bemerkenswert schnell wieder auf dem Damm, nachdem die unmittelbare Todesgefahr hinter ihm lag und er seine Kreislaufprobleme überwunden hatte. Er trank ein großes Glas Wasser, woraufhin es ihm noch besser zu gehen schien.

»Wie würden Sie Ihr Verhältnis zu Ella Dorn beschreiben?«

Mit dieser Frage kam Antje sofort auf den Punkt. Sie wollte nicht lange um den heißen Brei herumreden. Außerdem kam es ihr darauf an, die Reaktionen des Verdächtigen zu beobachten. Sie war sich darüber im Klaren, dass ein hochkarätiger Widersacher vor ihr saß. Ein Universitätsprofessor hatte sich gewiss besser unter Kontrolle als ein Gewohnheitsverbrecher, der sein halbes Leben hinter Gittern fristen musste. Doch hier ging es um tiefe Gefühle. Falls Krämer wirklich in die junge Frau verliebt war, würde er es nicht hundertprozentig verbergen können.

»Von einem Verhältnis kann man wirklich nicht sprechen«, behauptete er. »Sie besuchte meine Seminare und Vorlesungen, so wie Hunderte andere Studierende ebenfalls.«

»Warum sprechen Sie den Namen nicht aus?«, hakte die Kommissarin nach.

Krämer runzelte die Stirn: »Was soll das? Es geht doch hier nicht um Frau Dorn.«

Der Professor hatte das Leuchten in seinen Augen nicht unterdrücken können, als er Ella erwähnte. Dies war noch kein Beweis – aber Antjes Vermutung bestätigte sich, dass sie auf der richtigen Spur war.

»Also wussten Sie nicht, dass Ella Dorn sich zeitgleich mit Ihnen auf Juist befindet?«

»Nein, Frau Fedder – dies war mir keineswegs bewusst. Diese Insel ist ein beliebtes Ferienziel, wie Ihnen zweifellos bekannt sein dürfte.«

»Sind Sie eigentlich Single, Herr Professor? Ich sehe an Ihrer Hand keinen Ehering.«

»Ich weiß nicht, was mein Familienstand zur Sache tut. – Ich bin geschieden, wenn Sie es unbedingt wissen müssen.«

»Sie haben also keine Partnerin, während Ella Dorn mit Paul Hoffmann liiert war … was denken Sie über diese Verbindung?«

Krämers Antwort auf die Frage der Polizistin klang gereizt: »Wollen Sie mich nicht lieber zu dem angeblichen Tötungsdelikt befragen?«

»Es fällt Ihnen schwer, sich dieser Wahrheit zu stellen«, vermutete Antje. »Dabei wussten Sie genau, dass diese beiden jungen Menschen ein Liebespaar waren. Paul und Ella gemeinsam Hand in Hand am Strand … Paul und Ella lachend mit ihren Freunden … Paul und Ella in einem Bett …«

»Sie sind geschmacklos!«, warf der Professor der Kommissarin vor.

Sie beugte sich nach vorn und erwiderte: »Nein, ich bin Realistin. Ich beschrieb genau die Wirklichkeit, die Sie nicht ertragen können. Aber anstatt dem jungen Glück fernzubleiben, sind Sie dem Pärchen gefolgt. Man muss kein Hellseher sein, um herauszufinden, wohin bei Paul und Ella die Reise ging. Beide waren oder sind in den sozialen Medien sehr aktiv. Es war kein Geheimnis, dass sie nach Juist wollten.«

»Junges Glück?!«, wiederholte der Professor höhnisch. »Sie haben Paul Hoffmann offensichtlich nicht gekannt! Er war ein Blender, der nur …«

Krämer unterbrach sich selbst, aber es war zu spät. Er presste die Lippen aufeinander. Gewiss bereute er seinen Gefühlsausbruch. Er verschränkte die Arme vor der Brust und behauptete: »Ich mochte diesen Studenten nicht, dennoch habe ich mit seinem Tod nichts zu schaffen.«

»Geben Sie das Leugnen auf«, riet Antje. »Wir haben Zeugen, die Sie mit dem Bootshaken gesehen haben. Und die Mordwaffe wird momentan im kriminaltechnischen

Labor Oldenburg untersucht. Es ist nur eine Frage der Zeit, bis wir nachweisen können, dass Sie den tödlichen Stoß ausgeführt haben.«

Die Kommissarin lehnte sich mit ihren Worten weit aus dem Fenster, denn sie hatte ja noch gar nicht selbst mit dem Ehepaar gesprochen, das laut der Bürgermeisterin den bärtigen Mann mit dem Bootshaken gesehen hatte. Und es war keineswegs gesichert, ob sich auf dem Holzschaft DNA oder Fingerabdrücke eines Verdächtigen gefunden hatten. Doch ein Blick auf Krämers Gesicht bewies ihr, dass der Mörder vor ihr saß. Er war durchschaut – anders konnte man seine Reaktion nicht auffassen. Er starrte die Polizistin an, als ob sie nicht von dieser Welt sei. Dann senkte er den Kopf und stützte ihn auf die Handflächen. Schließlich sagte er mit tonloser Stimme: »Es ist alles so sinnlos … ja, ich habe Paul Hoffmann getötet.«

»Erzählen Sie uns, wie es zu der Tat kam«, forderte Roland. Der Kommissar war die ganze Zeit über anwesend, hielt sich aber zurück. Meist ergab es sich ganz von selbst, welcher von den beiden Inselpolizisten bei einem Verhör die meisten Fragen stellte. Diesmal war es offensichtlich Antje gewesen.

Der Professor seufzte und begann: »Wie Sie schon treffend bemerkten, informierte Paul die Menschheit gern und oft in den sozialen Medien über sein Leben. Daher entging mir auch dieses geplante Bootsrennen nicht. Ich verfolgte es aus sicherer Entfernung. So stellte ich sicher, dass mich niemand bemerkte.«

Tatsächlich war Krämer auch den Kommissaren nicht aufgefallen, da sie sich ganz auf das Rennen und die beiden Studentengruppen konzentriert hatten. Antje forderte ihn mit einer Handbewegung zum Weiterreden auf. Er berichtete: »Ich sah, wie Paul den Wettkampf gewann. – Ist Ihnen nicht aufgefallen, dass er absichtlich seinen Gegner behindert hat? Dieser junge Mann spielte unfair, das lag wohl in seiner Natur. Und mir drehte sich der Magen um bei dem Gedanken, dass er später mit Ella seinen Sieg feiern wollte.«

»Diese Frau bedeutet Ihnen wirklich etwas.«

»Waren Sie schon einmal verliebt, Frau Fedder?«

»Es geht hier nicht um mich.«

Der Professor erwiderte: »Das ist mir bewusst. Ich hätte es ja selbst nicht für möglich gehalten, dass ich nach meiner Scheidung noch einmal so tiefe Gefühle für ein weibliches Wesen entwickeln könnte. Und tief in meinem Inneren war mir klar, wie zerstörerisch mein Vorhaben sein würde – auch für mein eigenes Leben. Doch ich konnte nicht anders, ich kam mir vor wie ferngesteuert. – Nachdem Sie die streitenden Gruppen getrennt und vom Strand vertrieben hatten, wartete ich. In einem unbeobachteten Moment schlich ich später zu den Booten und griff mir den Haken.«

»Wieso entschieden Sie sich ausgerechnet dafür, diesen Gegenstand als Waffe zu benutzen?«, wollte Roland wissen.

Krämer hob die Schultern: »Ich weiß es nicht – vielleicht, weil ich Paul mit diesem Bootshaken nicht zu nahe kommen musste? Ich bin kein Held, und dieser junge Kerl war mir körperlich haushoch überlegen.«

Mit dieser Einschätzung lag der Professor nach Antjes Meinung richtig. In einem Zweikampf ohne Waffen hätte er gegen Paul keine Chance gehabt. Krämer fuhr fort: »Ich legte mich in der Nähe des Ferienhauses auf die Lauer. Nach einer Weile kamen Paul und Ella heraus, ich folgte ihnen in die Dünen. Dort entstand ein Streit zwischen den beiden …«

Roland unterbrach ihn: »Es wäre doch möglich gewesen, dass das Paar sich endgültig entzweite. Haben Sie daran nicht gedacht?«

»Selbstverständlich habe ich auch diese Möglichkeit erwogen, Herr Witte! Ich bin kein blutrünstiger Killer, falls Sie dies annehmen. Aber ich kannte den jungen Hoffmann nur allzu gut … er war manipulativ, genau wie sein alter Herr. Er hätte Ella gewiss später wieder um den kleinen Finger gewickelt. Das durfte nicht geschehen. Es war, als ob das Schicksal mir eine einmalige Gelegenheit auf dem Silbertablett serviert hätte. Ich konnte gerade noch verhindern, dass Ella mich bemerkte, als sie sich von Paul trennte und zum Ferienhaus zurücklief. Jedenfalls nehme ich an, dass sie dorthin wollte. Ich nahm meinen ganzen Mut zusammen und tötete ihren Freund. Dann warf ich den Bootshaken weg und eilte zu meinem Hotel zurück.«

»Warum sind Sie nach der Tat nicht sofort abgereist?«

»Daran hatte ich ernsthaft gedacht, Frau Fedder. Aber ich habe mein Zimmer für zwei Wochen gebucht. Es wäre verdächtig erschienen, wenn ich plötzlich von der Insel verschwunden wäre, oder?«

Damit hatte Krämer wahrscheinlich recht. Aber die Kommissarin wollte noch etwas anderes erfahren: »Und wie kam die heutige Situation mit Dr. Hoffmann zustande?«

»Pauls Vater muss mich im Hotel gesehen haben, jedenfalls rief er mich an und teilte mir mit, dass er ebenfalls im *Strandhotel Juist* abgestiegen sei. Und ob ich vom Tod seines Sohnes erfahren hätte. Ich spielte den Überraschten und kondolierte ihm sogar. Er sagte, dass er mich sprechen wolle, aber momentan keine fremden Menschen ertragen könne. Darum verabredete er sich mit mir an diesem einsamen Ort.«

»Und bei Ihnen kam nicht die Überlegung auf, dass der Rechtsanwalt den Mord an Paul rächen wollte?«, fragte Antje verblüfft.

»Ehrlich gesagt: Nein. Ich war hundertprozentig sicher, dass mich niemand gesehen hatte, als ich seinen Sohn umbrachte.«

Diese Erklärung klang nach Meinung der Polizistin sehr nach einem weltfremden Professor – aber vielleicht dachte

Krämer ja wirklich so. Entscheidend war, dass er die Bluttat gestanden hatte. Antje beendete das Verhör, und Roland sperrte den Mörder ein. Am nächsten Morgen sollten er und Dr. Hoffmann aufs Festland geschafft werden, wo ein Richter über die Verhängung von Untersuchungshaft entscheiden würde. Als der Kommissar von der Arrestzelle zurückkehrte, sagte er: »Wenn wir ehrlich sind, dann verdanken wir diesmal den Ermittlungserfolg zum großen Teil unserer wackeren Bürgermeisterin.«

»Und diese Tatsache wird sie uns gewiss noch viele Monate lang aufs Butterbrot schmieren«, gab Antje seufzend zurück. Sie fuhr fort: »Ich frage mich, warum wir Krämer nicht schon früher verdächtigt haben.«

»Vielleicht, weil wir genügend andere Personen mit überzeugenden Mordmotiven gefunden hatten und er sich äußerst bedeckt hielt?«, vermutete Roland.

»Wir sollten dankbar dafür sein, dass er so eine auffällige Mordwaffe benutzt hat«, meinte seine Kollegin, »und jetzt müssen wir zu Silke Meester gehen und ihr zu dem Erfolg gratulieren.«

»Du kannst es gewiss kaum abwarten«, meinte der Kommissar lächelnd – und ging in Deckung, weil Antje mit einem Kugelschreiber nach ihm warf.

ENDE

Ostfrieslandkrimi-Empfehlungen des Klarant Verlages

Lernen Sie auch die anderen Bücher der Ostfrieslandkrimi-Serie »**Witte und Fedder ermitteln**« von **Sina Jorritsma** kennen:

Die Kommissarin Antje Fedder ist ein waschechtes Juister Inselkind. Sie kennt ihr Heimat-Eiland wie ihre Westentasche. Als zurückhaltende Norddeutsche hat sie anfangs so ihre Probleme mit der charmanten und unbeschwerten Art ihres zugezogenen Kollegen Roland Witte. Doch Gegensätze ziehen sich bekanntlich an, und die beiden Polizisten lösen auf der kleinen Insel auch die kniffligsten Krimirätsel. Auch Antjes Vater Tjark Fedder steht ihnen mit Rat und Tat zur Seite, denn der Gastwirt schnappt viele Informationen auf. Nur die übereifrige Bürgermeisterin Silke Meester erschwert den Ermittlern oft die Arbeit.

In der Serie sind bereits folgende Ostfrieslandkrimis erschienen:

»Juister Herzen«, Band 1
Taschenbuch-ISBN: 978-3-95573-911-9
eBook-ISBN: 978-3-95573-912-6

Ein mysteriöser Todesfall versetzt die ostfriesische Insel Juist in Aufruhr. Im Bett einer Ferienwohnung liegt die Leiche einer jungen Frau. Doch weder sind äußere Verletzungen erkennbar, noch wohnte Diana Schröder in der Unterkunft, in der sie allem Anschein nach starb. Die Inselkommissare Antje Fedder und Roland Witte nehmen die Ermittlungen auf, und schnell finden sie heraus: Die Ferienwohnung wird von einer Selbsthilfegruppe gemietet, deren Mitglieder ihre große Liebe verloren haben. Juister Herzen nennt sich die Veranstaltung auf der idyllischen Nordseeinsel, die helfen soll, verletzte Seelen wieder zu heilen. Aber wie kam Diana überhaupt in dieses Bett? Und weshalb trug sie eine Pistole bei sich? Ins Visier der Ermittlungen gerät Clemens Vogt, der Leiter der Selbsthilfegruppe. Die Inselkommissare bezweifeln seine guten Absichten und stoßen schließlich doch auf eine überraschende Verbindung zwischen den Juister Herzen und der Toten ...

»Juister Düfte«, Band 2
Taschenbuch-ISBN: 978-3-95573-957-7
eBook-ISBN: 978-3-95573-958-4

»Juister Reiter«, Band 3
Taschenbuch-ISBN: 978-3-96586-027-8
eBook-ISBN: 978-3-96586-028-5

»Juister Taucher«, Band 4
Taschenbuch-ISBN: 978-3-96586-088-9
eBook-ISBN: 978-3-96586-089-6

»Juister Düne«, Band 5
Taschenbuch-ISBN: 978-3-96586-126-8
eBook-ISBN: 978-3-96586-127-5

»Juister Hochzeit«, Band 6
Taschenbuch-ISBN: 978-3-96586-176-3
eBook-ISBN: 978-3-96586-177-0

»Juister Lüge«, Band 7
Taschenbuch-ISBN: 978-3-96586-217-3
eBook-ISBN: 978-3-96586-218-0

»Juister Perlen«, Band 8
Taschenbuch-ISBN: 978-3-96586-267-8
eBook-ISBN: 978-3-96586-268-5

»Juister Zeuge«, Band 9
Taschenbuch-ISBN: 978-3-96586-307-1
eBook-ISBN: 978-3-96586-308-8

»Juister Clown«, Band 10
Taschenbuch-ISBN: 978-3-96586-358-3
eBook-ISBN: 978-3-96586-359-0

»Juister Chor«, Band 11
Taschenbuch-ISBN: 978-3-96586-434-4
eBook-ISBN: 978-3-96586-435-1

»Juister Party«, Band 12
Taschenbuch-ISBN: 978-3-96586-471-9
eBook-ISBN: 978-3-96586-472-6

»Juister Wein«, Band 13
Taschenbuch-ISBN: 978-3-96586-522-8
eBook-ISBN: 978-3-96586-523-5

»Juister Hexe«, Band 14
Taschenbuch-ISBN: 978-3-96586-564-8
eBook-ISBN: 978-3-96586-565-5

»Juister Seestern«, Band 15
Taschenbuch-ISBN: 978-3-96586-607-2
eBook-ISBN: 978-3-96586-608-9

»Juister Maler«, Band 16
Taschenbuch-ISBN: 978-3-96586-631-7
eBook-ISBN: 978-3-96586-632-4

»Juister Onkel«, Band 17
Taschenbuch-ISBN: 978-3-96586-722-2
eBook-ISBN: 978-3-96586-723-9

»Juister Haken«, Band 18
Taschenbuch-ISBN: 978-3-96586-761-1
eBook-ISBN: 978-3-96586-762-8

Klarant Verlag

Lernen Sie die Ostfrieslandkrimi-Titel des Klarant Verlages kennen und besuchen Sie uns im Internet unter:

www.ostfrieslandkrimi.de

und

www.klarant.de

Sie können dort Näheres über unsere Autorinnen und Autoren erfahren, viele weitere interessante Bücher und eBooks finden und Leseproben herunterladen. Mit dem kostenlosen Newsletter auf

www.ostfrieslandkrimi-lesen.de

erhalten Sie aktuelle Informationen rund um das Verlagsprogramm, wie beispielsweise spannende Neuerscheinungen und Gewinnspiele.